W0348780

Alexander L. Kielland
»Else«

Bibliographische Informationen Der Deutschen Bibliothek:
Die Deutsche Bibliothek verzeichnet diese Publikation in der Deutschen Nationalbibliographie; detaillierte bibliographische Daten sind im Internet über http://dnb.ddb.de abrufbar.

© 1. Auflage November 2019
Umschlaggestaltung: Rudolf Wolff
unter Verwendung der Lithographie »Hunger«
von Heinrich Zille aus dem Jahr 1924
Herstellung: Cresco Multimedia GmbH
Verlag: Crescer Publishing Ltd.
Printed in Germany
Mail: info@crescer.de
Internet: www.crescer-publishing.de

ISBN 978-3–86672–130–2

Alexander Lange Kielland

Else

Eine Weihnachtserzählung

Übersetzt von Marie Leskien-Lie
und Dr. Friedrich Leskien

Herausgegeben, bearbeitet
und mit einem Nachwort versehen
von Rudolf Wolff

I

Madame Späckbom besaß ein Haus, das die Arche Noah genannt wurde. Unten in den warmen, behaglichen Zimmern auf der Sonnenseite wohnte sie selbst; oben wohnte Fräulein Falbe mit ihrem Bruder; und auf dem Boden – es gab nur zwei Etagen – in Dachkammern unter Treppen und hinter Schornsteinen lebten zwielichtige Gestalten, die den gemeinsamen Namen ›die Bande‹ führten.

Madame Späckbom war nicht nur eine kluge Frau; sie war buchstäblich ›die kluge Frau‹; denn sie war Doktor – oder Quacksalberin, wie der richtige Doktor sie nannte.

Doch das berührte die Madame nicht sonderlich; sie hatte ihre gute, sichere Praxis, und ihre Kunst brachte ihr sowohl Geld wie wissenschaftliche Triumphe ein.

Der Teil der Bevölkerung, der Madame Späckbom aufsuchte, war allerdings nicht der vornehmste, aber ohne Zweifel der zahlreichste. Es konnte vorkommen, daß sie fünf bis sechs Patienten bei sich in Behandlung hatte, in Zimmerchen und Verschlägen, von denen es in dem alten Haus eine unglaubliche Menge gab; und besonders abends nach der Arbeitszeit war sie vollauf damit beschäftigt, Krankenbesuche zu machen oder Patienten jeder Art zu empfangen.

Wenn unter diesen sich einer fand, der in der Behandlung des richtigen Doktors, des Bezirksarztes Bentzen, gewesen war, da leuchtete es in Madame Späckboms kleinen braunen Augen auf, und sie schüttelte die drei Hängelocken, die auf einem Kamm über jedem Ohr hingen, indem sie jedem sagte: »Wenn Sie von so einem gelehrten Herrn kommen, kann Ihnen doch sicher nicht von einem alten, zahnlosen Weib geholfen werden.«

Da mußte lange verhandelt werden, ehe sie sich des Patienten erbarmte, aber nahm sie ihn erst in Behandlung, so gab sie sich ganz besondere Mühe mit denen, die der richtige Doktor ›aufgegeben hatte‹.

Und unter den Leuten der Stadt – ja sogar unter den feinen – waren unzählige Geschichten von den wunderbaren Kuren der Madame im Umlauf; und man brauchte nur ihren Namen vor Dr. Bentzen zu nennen, da fuhr der alte Herr in die Höhe, fluchte und wetterte – feuerrot im Gesicht, nahm er seinen Hut und eilte davon.

Die Sache war die, daß sich Doktor Bentzen nie, wenn er zu einfachen Leuten kam, darauf einließ, eine Erklärung zu geben – dazu verachtete er die Unwissenheit zu sehr. Er sagte nur: So und so sollst du es machen, und hier ist die Medizin.

Aber wenn die Medizin nicht gleich half – und das kann bei der besten Medizin passieren –, dann bekamen die Leute das teure Apothekerwasser und diesen strengen Doktor satt, der nur ins Zimmer kam, eine Anordnung gab und ging.

Und dann kam die Reihe an Madame Späckbom.

Sie setzte sich hin und erklärte ausführlich, was eigentlich dem Patienten fehlte; entweder war es eine Art Gifthauch, zum Beispiel von der Erde oder vom Wasser oder vielleicht von einer Leiche, oder es war ein Blutstropfen, der sich festgesetzt hatte, oder etwas Ähnliches.

Nun, das war etwas, was man begreifen konnte; und wenn man dann Medizin von der Madame erhielt, so waren es Sachen, die einen ebenso scharfen Geruch wie Geschmack hatten, so daß man merken konnte, es war weder Schwindel noch Betrug dabei.

Und wenn es auch nicht immer half, so war es ja eine Sache, die sie alle wußten, daß selbst Madame Späckbom nicht über Leben und Tod gebiete; aber es war doch wenigstens getan, was getan werden konnte, und das war doch immer besser, als von der verdächtigen Gelehrsamkeit des Doktors ins Jenseits befördert zu werden, wie es so vielen ergangen war. Und außerdem war die Madame viel, viel billiger.

Zur Hilfe in ihrer Praxis hatte sie ein junges Mädchen, das Floh genannt wurde. Die Madame hatte es zu sich genommen, nachdem sie es von einer schlimmen Augenkrankheit geheilt hatte.

Floh hatte keine Eltern. Sie hieß Else. Einen Nachnamen hatte sie, glaube ich, nie gehabt. Denn sie war die Tochter eines der feinsten Herren in der Stadt, dessen Name in diesem Zusammenhang nicht im Kirchenbuch stehen konnte.

In einer Kinderbewahranstalt war Floh aufgewachsen, nachdem die Mutter – ein Dienstmädchen – gestorben war. Und hier hatte sie auch ihren Spitznamen erhalten.

Er stammte von einem dunkelbraunen Mantel, den sie bei einer Weihnachtsbescherung bekommen hatte. Er war ursprünglich sehr lang und weit gewesen, und wenn das Kind ihn umhängte und darin umhersprang, glich es einem Floh. Schließlich kam jemand auf die witzige Idee, dem Mädchen diesen Namen zu geben.

Und dieser Mantel war aus einem so unverwüstlichen Stoff, daß er Floh durch die ganze Kindheit begleitete – erst als Mantel, später als Jacke, dann als Mieder und schließlich als Mütze mit rosaroten Kinnbändern.

Sie trug noch diese Kindermütze mit rosaroten Kinnbändern, als sie die Augenkrankheit bekam. Bentzen, als der Arzt der Anstalt, pfuschte ein halbes Jahr an ihr herum, bis sie wie ein kleines Tier in einem dunklen Winkel lag und schrie, wenn man sie gegen das Licht wandte.

Da keine Besserung zu erkennen war, gab Fräulein Falbe sie heimlich in Madame Späckboms Behandlung, und wie es auch zugegangen sein mochte: Das Kind erholte sich.

Doktor Bentzen triumphierte: Endlich war es ihm geglückt, der hartnäckigen Entzündung Herr zu werden!

Doch da konnte Madame Späckbom nicht länger schweigen, und es entstand ein großer Skandal. Fräulein Falbe mußte aus der Direktion der Anstalt austreten, wo sie übrigens schon sowieso gründlich verhaßt war; Doktor Bentzen war wütend, und selbst die kleine Else mußte für ihre neuen, glänzenden Augen leiden.

Kurz entschlossen nahm Madame Späckbom das Kind zu sich, teils weil sie wohlwollend und gutherzig war, teils weil Elses glänzende Augen für ihre Fähigkeit als Augenarzt sprachen, und endlich brauchte sie das Kind, um Doktor Bentzen damit zu ärgern.

Nie konnte er an der Arche vorbeigehen – und sein Weg führte ihn oft am Tag daran vorbei –, ohne daß Madame Späckbom das Kind nahm, es ins Fenster hinaufsetzte und ihm einen Puff in den Nacken gab, damit es dem Doktor zunicken sollte. Und wenn sie ihn dann dazu bringen konnte, mit seinem giftigen Grinsen hereinzusehen, da schüttelte Madame Späckbom triumphierend ihre sechs Hängelocken und gab Floh ein Stück Zucker.

Als sie heranwuchs, wurde Else ein zartes, schlankes Mädchen – blond und ein wenig blaß, aber trotzdem gesund.

Sie hatte einen heiteren, leichten Sinn und eine besondere Art, sich und alles um sich her nett und ordentlich zu halten. Aber als Madame Späckbom anfangen wollte, sie waschen, scheuern, nähen und sich nützlich machen zu lassen, erwies sich Floh als völlig untauglich; sie bekam überall Schmerzen, und sämtliche guten Ratschläge und die bitteren Kräuter der Madame blieben ohne Wirkung.

Madame Späckbom war, wie gesagt, auch eine kluge Frau. Sie verstand sich gut auf diese Krankheit, die sich pünktlich zu den Scheuertagen einstellte und immer wie durch Zauberei am Sonntagmorgen verschwand. Aber da sie einsah, daß die Krankheit hier in einer unheilbaren Form auftrat, beschränkte sie sich darauf, ihre herungterhängenden Locken zu schütteln und etwas von ›diesem verdammt feinen Blut‹ zu murmeln.

Die Kranken liebten Floh, obgleich sie eigentlich keine treue oder aufopfernde Krankenpflegerin war. Aber wenn sie nur durch das Zimmer ging oder den Kopf zur Tür hereinsteckte, war es, als ob Schmerzen oder Langeweile abnahmen; und Madame Späckbom war sich wohl bewußt, welchen Anteil an ihren Kuren sie Flohs lustigem Lachen verdankte.

Denn es war ein Lachen, das ganz anders war als jedes Lachen, das man je zuvor in der Arche Noah gehört hatte. Es konnte die Treppen hinauf und bis in den Keller hinunterlaufen, durch das Schlüsselloch hinein zu den Kranken und den Leuten bis ins Herz hinein, so daß einige ganz warm wurden und andere mitlachen mußten; und alle wollten, was es auch sein mochte, darum geben, Floh lachen zu hören.

Und sie lachte grundlos über alles und nichts, wie es sich gerade traf. Sie hatte rote Lippen und frische, gesunde Zähne; aber die Augen überstrahlten alles – sie waren Madame Späckboms Stolz; denn der gelehrte Doktor hatte sie ja aufgegeben.

Madame Späckboms Arche war nicht so sorgfältig gebaut wie die Noahs. Es glich eher einem alten Rumpelkasten von einem Haus, das nur stehenblieb, weil es mit einem neueren und festeren zusammengebaut war. Aber da es, wie alles Alte, sich nicht dareinfinden konnte, sich von der Jugend stützen zu lassen, warf es sich immer mehr auf die Seite, um gegen die Verbindung zu protestieren; und so hing es nach und nach drohend über den steilen Abhang hinaus, der auf der Ostseite nach dem Hafen und den Landungsbrücken hinunterführte.

Es war ein Eckhaus, weiß gestrichen zur Straße hin und rot auf der Rückseite. Alle möglichen Krümmungen, schiefe Linien, schräge Türen, Ausbauten und Auswüchse schienen ihre Vertreter zu dieser Arche geschickt zu haben; und wie sie dastand in all ihrer Unmöglichkeit, war sie ein ebenso großes Rätsel für die moderne Architektur wie die Arche Noah.

Aber sie mußte doch zäh sein; denn sonst würde die Bande sicher schon längst in den Keller hinuntergefallen sein, solchen Lärm, wie sie manchmal machte. Es war eine große Plage für Falbes – besonders in der Nacht –, wenn die Bande oben unruhig war. Tagsüber waren Schwester und Bruder meist außer Haus. Sie hatte eine Mädchenschule in dem feineren Teil der Stadt, und er war jedenfalls nicht in der Arche.

Sie gehörten einer alten Beamtenfamilie an; aber mit ihrem Vater war etwas nicht in Ordnung gewesen. Das Gerücht sagte, daß er sich wegen Unterschlagungen erhängt oder erschossen habe; aber das war zwanzig Jahre her und in einem ganz anderen Teil des Landes geschehen, so daß niemand recht Bescheid wußte.

Sicher ist, daß die Kinder halbe Fremde in der Stadt blieben und einsam und einfach lebten. Die Mädchenschule des Fräuleins genoß großes Ansehen, obgleich sie selbst gar keine beliebte Persönlichkeit war. Dazu war sie viel zu bestimmend und eigenwillig.

Fräulein Falbe mochte ungefähr fünfunddreißig Jahre alt sein – der Bruder war zwei bis drei Jahre jünger –, sie war blond mit großer Hakennase und ernsten Augen. Aber hin und wieder konnte sie so freundlich lächeln, daß Leute, die es zum erstenmal sahen, ganz erstaunt waren.

Christian Falbe glich seiner Schwester; aber er war ein hübscher Mann; die große Familiennase stand ihm besser. Diese Nase nahm indessen schon in seinem dreißigsten Jahr einen rötlichen Schimmer an; denn Christian Falbe trank reichlich viel.

Wenn er in einer großen Stadt gelebt hätte, wäre er wahrscheinlich ein ganz mäßiger Cafébesucher geworden. Aber in einer kleinen Stadt, wo es sich nicht schickt, in Restaurationen zu gehen, da schleicht man sich zur Hintertür hinein, und da lernt man das Trinken.

Die ganze Stadt wußte natürlich, wie es um Falbe stand, während die Schwester sich einbildete, daß sie es vor allen verborgen halten könnte. Denn das war ihr ständiger Gedanke und ihre ewige Sorge vom Morgen bis zum Abend, und oftmals vom Abend bis zum Morgen. Sie hatte es aufgegeben, ihn zu bessern, sie hatte alle seine guten Vorsätze und seine mißglückten Versuche satt; jetzt galt es nur, ihn einigermaßen über Wasser zu halten – und es zu verbergen.

Sie kannten das Schicksal des Vaters; aber bei ihr hatte sich der Familienstolz in Energie umgesetzt, bei ihm dagegen in müßige Unzufriedenheit und Bitterkeit.

Er war geschickt und sehr begabt; wenn er seine besseren Perioden hatte, gab er Privatstunden in fremden Sprachen. Aber dann kam das Trinken wieder über ihn, und da verschwand er für Wochen und kehrte in der jämmerlichsten Verfassung in die Arche zurück.

Die Schwester verdiente genug für sie beide. Sie legte Geld in sein Portemonnaie, während er schlief. Sie lächelte ihm zu, wenn er am Abend betrunken nach Hause gekommen war; sie bereitete ihm Essen zu – das beste Essen, das sie ausfindig machen konnte. Er aß und trank und dankte nie.

Aber dies war auch Fräulein Falbes einzige Schwäche; das sagte sie sich auch selber in einsamen Stunden. Im übrigen war sie klar, mutig, streng und unermüdlich tätig.

In der Arche hatte man mehr Angst vor ihr als vor Madame Späckbom selber, und sogar die Mutigsten der

Bande gingen auf den Zehenspitzen, wenn sie Fräulein Falbes Treppenabsatz passierten.

Es war übrigens eine schwierige, alte, knarrende Treppe, die sich mit ihren vielen Absätzen reichlich Zeit nahm; schließlich wurde sie steil wie eine Leiter. Es gehörte zu Flohs Lieblingsvergnügen, auf dem Geländer von oben bis unten herunterzurutschen, mit einem kleinen Sprung bei jedem Absatz – so ausgelassen war sie jedoch nur, wenn Fräulein Falbe in ihrer Schule war.

Übrigens war das Fräulein in seiner etwas strengen Art immer freundlich zu Floh. Am Abend, wenn Madame Späckbom von ihrer Praxis in Anspruch genommen war, saß Else oben bei Falbes in der Stube und las oder sah sich Bilder an, während das Fräulein Hefte korrigierte. Kam dann Christian nach Hause, so sandte die Schwester ihm einen raschen Blick zu, und je nachdem, was dieser ihr verriet, wurde Else entweder hinuntergeschickt oder aufgefordert zu bleiben.

Christian konnte sich dann manchmal zu ihnen setzen und sich mit Floh unterhalten oder mit ihr Dame spielen; und Fräulein Falbe sah mit ihrem hübschen Lächeln von ihren Heften auf, wenn sie sich gegenseitig so recht herzlich anlachten.

Trotzdem gefiel es Floh oben auf dem Boden bei der Bande noch besser. Es herrschte ein geheimnisvolles Halbdunkel in all diesen seltsamen Winkeln und kleinen Kämmerchen. Dazu kam, daß man nie recht wußte, wer eigentlich da wohnte; denn die Gesellschaft wechselte ständig. Bald gab es nur zwei oder drei feste Mieter, bald wimmelte es von Menschen in jedem Winkel – meist waren es Männer, die schliefen, Karten spielten, tranken oder die Köpfe zusammensteckten und tuschelten.

Die Hauptperson auf dem Boden war Puppen-Lene – ein großes, kräftiges Frauenzimmer mit dunklen Haaren, kleinen Augen und einer ungewöhnlich dicken Unterlippe.

Sie mietete alle Räume auf einmal von Madame Späckbom, was sehr bequem für die Madame war. Aber sonst war das Verhältnis zwischen den beiden Damen nicht ohne Reibungen. Denn die Bande verursachte viel Störung im Haus mit Musik, Lärm und Ähnlichem; außerdem brachte sie die Arche in der ganzen Stadt in Verruf.

Aber wie es sich auch damit verhalten mochte, Puppen-Lene ließ sich nicht vertreiben. Viele Male hatte die Madame ihr gekündigt, und bisweilen war Puppen-Lene sogar gegangen. Aber nach kurzer Zeit fand eine Versöhnung statt, und sie kehrte wieder in die Arche zurück, ganz wie die Taube mit dem Ölblatt, wie der alte Schirrmeister sich ausdrückte.

Der alte Schirrmeister war ein dem Trunk ergebener deutscher Musikant, der vor vielen Jahren mit einem herumziehenden Orchester hier heraufgekommen war. Am Anfang ging es ihm gut. Er spielte sehr schön Violine und war darüber hinaus imstande, fast jedes Instrument ganz respektabel zu spielen.

Er gab darum in den besten Häusern Unterricht. Aber allmählich kam er aus der Mode; das Trinken gewann die Oberhand, und schließlich machte er gemeinschaftliche Sache mit seinem ursprünglichen Dienstmädchen Lene, die er ›meine Puppe‹ zu nennen pflegte. Daher bekam sie im Volksmund den Kosenamen Puppen-Lene.

Jetzt war der alte Künstler so heruntergekommen, daß er von Notenschreiben und Puppen-Lenes Gnade lebte. Unter dem schrägen Dach stand ein altes Klavier, das als Tisch für das Notenschreiben, für Essen und Trinken diente, und ganz hinten an der Wand stand der Geigenkasten verborgen, verstaubt und vergessen.

Wenn Else mit dem alten Schirrmeister allein war, konnte sie ihn zum Spielen bringen; aber es geschah nicht oft. Denn der alte Musikant war so weit gekommen, daß es ihm weh tat, Musik zu hören. Darum mußte er am besten ein wenig betrunken sein; aber in diesem

Zustand konnte er spielen, daß es in dem alten Klavier seufzte und weinte, und Floh saß auf dem Bettrand und weinte mit.

Solange er etwas zu trinken hatte, fuhr er fort zu spielen, während er teils dazu sang, teils ihr erzählte, was er da spielte; und so kam er dazu, seine Jugend, voll von Hoffnung, Musik und Fröhlichkeit, zu schildern; wie er bei dem Kommers der Göttinger Studenten gespielt hatte, und wie der große Spohr ihm einmal die Hand auf sein Haupt gelegt und gesagt habe: Er wird es weit bringen.

Und der alte Schirrmeister warf seine hellblonde Perücke ab, damit man den Kopf sehen konnte, auf dem die Hand des großen Meisters geruht hatte. »Ja, ja, er hat es auch weit gebracht, – der alte Schweinigel!« sagte er darauf zu sich selbst und sah sich in seiner Dachkammer um; dann nahm er einen Schluck und spielte weiter.

Und Floh hörte und sah alle möglichen seltsamen Dinge. Und glänzende Bilder breiteten sich vor ihr aus: geputzte Damen und Herren, Licht, Musik, Rosen, Wagen und glänzende Pferde, die Braut in weißer Seide – und wieder Rosen, deren Duft sie förmlich roch.

Es war ein Sommerabend – das Dachfenster stand offen, und das Licht der untergehenden Sonne fiel rötlich auf den kleinen Musikanten, der dasaß, die Flasche neben sich, und Else vorspielte.

Seine Augen waren feucht vom Trinken und vor Rührung, während er weich und in der vorsichtigen altmodischen Weise ein Adagio aus Mozarts Sonaten vortrug. Das war eine besondere Ehre für Floh, denn sonst konnte man ihn nicht dazu bringen, die alten Klassiker zu spielen, was man ihm auch bot.

Aber er hatte gemerkt, daß Else ihm folgen konnte. Und wenn er sah, wie er sie durch die Musik dazu brachte, daß ihr bald die klaren Augen voller Tränen standen, bald sich wie vor einer Offenbarung öffneten, da seufzte das alte Wrack: Die wird es auch weit bringen.

Draußen auf dem Boden ertönte ein seltsames Gepolter, und jemand ruckelte an der Tür.

»Tra – tra – tra! – die Trommel ist da!« rief Schirrmeister und schlug eine lustige Melodie an.

Die Tür ging auf, und herein kam eine Trommel vor dem Bauch eines langen, dürren Kerls in blauem Uniformrock mit langen Schößen. Ihm folgte ein großer, dicker Mann mit einer Flöte unter dem Arm.

Man brauchte nur seine Unterlippe anzusehen, um zu begreifen, daß er Puppen-Lenes Bruder war. Aber ob nun die Flöte daran schuld war oder ob es am Temperament lag – seine Lippe war jedenfalls dicker und hing doppelt so weit herunter.

Diese Person war seinerzeit an der Strafanstalt der Stadt Ökonom gewesen. Er hatte aber seinen Abschied bekommen und lebte jetzt in der Pension der Schwester, wie er sich ausdrückte. In der Bande führte er den Spitznamen Ölk, und soviel man wußte, hatte er auf der Welt nichts anderes zu tun, als zu trinken, Flöte zu spielen und für seine Schwester Besorgungen zu machen.

Es war indessen etwas Mystisches an diesen Besorgungen, die immer in der Dämmerung gemacht wurden. Der lange, zweimal geknöpfte Rock des Ölk war seltsam ausgestopft, wenn er ausging; aber wenn er – verhältnismäßig schlank – heimkehrte, warf sich die Schwester wie ein Habicht auf ihn, ehe sonst jemand mit ihm zusammenkam; denn es war die allgemeine Meinung in der Bande, daß er von solchen Expeditionen Geld mit nach Hause brachte.

Floh kannte sowohl den Ölk als auch Jørgen Tambour gut; sie erhob sich gleich und machte ihnen Platz, so gut es eben ging.

Jørgen Tambour brachte zwei Flaschen Bier und eine Maß Branntwein zum Konzert mit. Der Ölk blinzelte geheimnisvoll und sagte, er habe einen Boten geschickt, – etwas, was er immer sagte. Kein Mensch wußte, wer dieser Bote sein konnte, und wohin er geschickt worden war; aber alle wußten mit Sicherheit, daß er nicht zurückkehren würde.

Der alte Schirrmeister warf inzwischen einen geringschätzigen Blick auf die Getränke und erklärte, daß er heute nicht spielen wolle.

»Befehl von Puppen-Lene«, sagte Jørgen Tambour mit militärischer Kürze, und im selben Augenblick steckte sie selber den Kopf zur Tür herein und sagte in ungewöhnlich sanftem Ton: »Nun? Spielt ihr nicht? Wollt ihr vielleicht etwas zu trinken haben?«

»Ei, ei, scheint die liebe Sonne heute!« rief Schirrmeister, und der Ölk nickte und putzte die Klappen seines Instruments mit einem rotkarierten Taschentuch, während Jørgen Tambour nachdenklich den Branntwein in die Brusttasche und die beiden Bierflaschen tief hinein in seine langen Rockschöße steckte; wenn Puppen-Lene sie bewirten wollte, konnte er das Seinige für ein andermal aufheben.

Das Konzert fing mit einem Rondo grazioso von Fürstenau an. Der Ölk hatte in seiner Jugend wirklich Fürstenau spielen können. Aber mit den Jahren hatte es sich wie ein Schleier von Spucke auf sein Spiel gelegt, und die Finger waren so dick und steif, daß er sie gerade ausgestreckt hielt, wenn er spielte.

Jørgen Tambour führte seinen Part mit Geschmack und Diskretion aus, indem er durch gedämpfte Wirbel verdeckte, wenn die Triller und Läufe des Ölk sich in lauter Spucke und Wind verwandelten und der alte Schirrmeister sie recht eigenwillig begleitete.

Es mußte ziemlich weit mit ihm gekommen sein, daß er an diesem Trio teilnahm; und bisweilen spielte er in seinem Groll und seiner Scham eine so wilde Begleitung, daß der selige Fürstenau wohl kaum sein friedliches Rondo grazioso wiedererkannt hätte.

Als sie ordentlich in Gang gekommen waren, guckte Puppen-Lene zur Tür herein, und einen Augenblick darauf kamen ein paar junge Leute herein; sie sahen aus wie Handwerksburschen oder so ähnlich.

Der eine war einäugig, und Floh wußte, daß er Klempner war; der andere dagegen war ein neuer junger Bursche, der sogleich anfing, ihr den Hof zu machen.

Else zog es vor, in Ruhe gelassen zu werden und der Musik zuzuhören, die sie wundervoll fand; aber im übrigen war sie so daran gewöhnt, daß die Männer sie kniffen und liebenswürdig ihr gegenüber waren, daß sie sich nicht weiter dadurch stören ließ.

Puppen-Lene kam jetzt auch selbst herein und schloß die Tür hinter sich zu; und gleichzeitig mit ihr – fast als ob sie aus ihren Röcken gekommen wäre – erschien noch eine Person, so daß es jetzt eng genug in dem kleinen Raum wurde.

Es war ein kleiner, blasser Mann; Floh hatte ihn neulich schon hier oben gesehen, und sie hatte den Eindruck bekommen, daß er eine wichtige Persönlichkeit sei.

Als er sich jetzt auf eine Bank direkt neben die Wirtin setzte, liefen seine kleinen wasserblauen Augen in allen Winkeln umher, über alle Personen hin, durchs Dachfenster hinaus und machten endlich an der Tür halt, wo der Riegel vorgeschoben und der Schlüssel umgedreht war.

Sein Gesicht war mager und bleich, als ob er lange im Dunkeln gelebt hätte; das Haar war hellrot, fast weiß und kurzgeschoren, mit großen Ecken an den Schläfen. Seine Hände waren heller als die der anderen; aber sie kamen selten zum Vorschein, denn er pflegte auf ihnen zu sitzen.

Floh mußte ständig zu ihm hinsehen; er hatte ein so seltsames Gesicht, aber das Allermerkwürdigste war, daß er ein neues hatte, jedesmal wenn sie zu ihm hinblickte. Und als er ihr Erstaunen merkte, fing er an,

Fratzen zu schneiden, und schließlich schnitt er eine so fürchterliche Grimasse, daß Floh einen kleinen Schrei ausstieß und aufstehen wollte.

Doch da lachte er still und lautlos und zeigte seine gelben Zähne. Dann flüsterte er Puppen-Lene etwas ins Ohr; verschiedene Dinge, die Floh nicht sehen konnte, gingen unter dem Tisch von Hand zu Hand; der Klempner und der junge Mensch wurden auch in das geheimnisvolle Gespräch hineingezogen. Aber jedesmal, wenn die Musik eine Pause machte, rief Puppen-Lene ihnen aufmunternd zu, und die Künstler stärkten sich rasch und spielten weiter

Mitten in einem ausgezeichneten Allegro spirituoso, wo die Flöte des Ölk in Trillern und Läufen wimmerte, daß es eine Freude war, klopfte es an die Tür.

Der Mann mit den vielen Gesichtern verschwand eilig unter Puppen-Lenes Stuhl; und Else sah mit Erstaunen, daß ihr Kavalier und der Klempner angefangen hatten, Karten zu spielen, und zwar mit Karten, die von der Decke heruntergefallen sein mußten, sie zankten sich sogar um einen Treffbuben.

»Aber Jørgen; wie trommelst du denn!« rief Schirrmeister entrüstet; denn je mehr sie tranken, desto eifriger wurde Jørgen Tambour; er erinnerte sich der stolzen Zeit, wo er mit der Trommel der Bürgerwehr voranzog oder in den Straßen Alarm schlug, wenn irgendwo Feuer war.

»Pst!« kommandierte Puppen-Lene, als es wieder klopfte. Das Trio verstummte. »Wer klopft?« fragte die Wirtin barsch.

Eine Stimme von draußen antwortete.

»Macht auf!« sagte Puppen-Lene beruhigt, »es ist nur Fräulein Falbe.«

Der Klempner schob den Riegel zurück, drehte den Schlüssel um und öffnete. Fräulein Falbe blieb auf der Schwelle stehen und wechselte einen Blick mit Puppen-Lene, der nicht gerade sehr freundlich war; darauf sagte sie ruhig und ohne die anderen zu beachten: »Komm Else! Du solltest nicht hier sein.«

Else erhob sich beschämt und folgte ihr; es gab niemanden in der Bande, der aufzumucken wagte. Als sie an Fräulein Falbes Tür kamen, legte sie den Arm um Floh und sagte: »Liebe Else, versprich mir, nie mehr hinaufzugehen. Jetzt bist du doch ein erwachsenes Mädchen; du mußt begreifen, daß es sich für dich nicht schickt, unter so gräßlichen Menschen zu sein.«

Else wurde rot wie Blut und versprach unter Tränen, daß sie nie mehr zur Bande hinaufgehen würde. Und als sie allein unten in ihrer eigenen Kammer war, wiederholte sie ihr Versprechen, während sie sich auskleidete.

Fräulein Falbe hatte recht; es waren rohe, bösartige Menschen da oben auf dem Boden. Es wäre besser, Madame Späckboms Patienten zu pflegen oder am Abend bei Fräulein Falbe zu sitzen und zu lesen.

Ehe sie zu Bett ging, mußte sie nach ihren Rosen im Fenster sehen. Denn Floh liebte Rosen. Sie versorgte alle Blumen von Madame Späckbom, und die Madame hatte Blumen in allen ihren Fenstern; aber die Rosen pflegte Else doch am liebsten, und wenn sie am Blühen waren, durfte sie sie in ihrer eigenen Kammer haben; denn die hatte Morgensonne.

Drei oder vier waren halb aufgesprungen, und sie atmete den zarten Duft ein, während sie sich über die Blüten beugte. Und mit diesem Duft von ihren Rosen kamen ihr Bilder von allen möglichen seltsamen Dingen: geputzte Damen und Herren, Licht, Musik, Wagen und glänzende Pferde und wieder Musik, die sie weit in der Ferne erklingen hörte.

Und als sie in ihr Bett kroch, dachte sie nicht an Madame Späckboms Patienten oder an Fräulein Falbes stille Stube, sondern sie schlief ein in Rosen und Musik und Träumen von weißer Seide und Schwanendaunen um die Schultern. Sie war siebzehn Jahre alt. – Das Leben in der Arche ging seinen bunten Gang mit einer gewissen

Regelmäßigkeit. Madame Späckbom führte ihren stillen Krieg mit Doktor Bentzen; Fräulein Falbe arbeitete in ihrer Schule und mit dem Bruder; und die Bande trieb ihr geheimnisvolles Wesen oben auf dem Boden.

Lange Zeit hindurch vermied es Floh, auf den Boden zu gehen, bis sie eines Tages den alten Schirrmeister spielen hörte. Sie bekam solche Lust nachzusehen, ob er allein sei; dabei konnte doch nichts Schlimmes sein.

Er war nicht allein; doch da sie nun einmal gekommen war, blieb sie trotzdem oben. Und nach und nach wurde alles wie früher; nur tat sie alles, um ihre Besuche vor Fräulein Falbe zu verheimlichen.

So war Madame Späckboms Arche, und in dieser Umgebung wuchs Floh heran.

II

Ja, aber wir müssen bedenken, meine Damen und Herren, daß es hier nicht bloß gilt, der bedrängten Menschheit ganz im allgemeinen zu Hilfe zu kommen, sondern daß wir uns die Aufgabe gestellt haben, unsere Wirksamkeit auf ein bestimmtes Gebiet zu beschränken. Obwohl ich mich von ganzem Herzen den von Herrn Konsul With vorgetragenen Argumenten anschließe, so muß ich zugleich doch daran festhalten, daß wir nicht über die von uns selbst gesteckten Grenzen hinausgehen dürfen. Es ist wohl möglich, daß die Not – und was uns hier im besonderen betrifft: die sittliche Verderbnis unter den jungen Mädchen –, daß sie ebenso groß, ja vielleicht viel größer in der Gemeinde Sankt Pauli als hier in Sankt Petri ist. Aber ich glaube doch: Wenn unsere Arbeit wirklich sichtbare Früchte zum Segen tragen soll, so müssen wir uns innerhalb der von Gott selbst gewiesenen Grenzen halten, und das heißt, so meine ich, innerhalb unserer eigenen Gemeinde.«

»Oh, wie wahr das ist, was der Kaplan da sagt«, sagte Frau Bentzen froh; »es ist ganz wie damals, bevor mir meine bestimmten Armen zugeteilt wurden. Alles, was ich gab, was wir mit vollen Händen verteilten, verschwand spurlos, und es kamen nur immer mehr, die bettelten und etwas haben wollten. Aber jetzt lasse ich das Mädchen nur antworten: Wir haben unsere bestimmten Kunden. So weiß man, daß kein Unwürdiger etwas bekommt, und dann kann man die unsichtbaren

Früchte – nein–, die gesegneten Früchte –; oder wie sagte der Kaplan doch? Es war ebenso wahr wie schön.«

»Sichtbare Früchte zum Segen«, sagte der Kaplan und errötete bescheiden.

»Ja, so war es«, sagte die Dame und wiederholte die Worte halblaut, um sie nicht zu vergessen.

»Ich für meine Person glaube nicht einmal, daß es recht ist, ganz unterschiedslos zu geben und zu helfen«, sagte die junge Frau des neuen Polizeimeisters und senkte bescheiden ihre hübschen Augen.

Der Kaplan verbeugte sich anerkennend vor der jungen Frau und machte darauf aufmerksam, daß es auch in der Schrift heißt, man solle das Brot nicht den Kindern wegnehmen, um es vor die kleinen Hunde zu werfen. Daran knüpfte er einige Bemerkungen, in denen er wieder betonte, daß der Verein für gefallene Frauen, den sie hier im Begriff waren zu stiften, seine Wirksamkeit streng innerhalb der Grenzen der Gemeinde Sankt Petri halten müßte.

Der Großhändler With hatte im Grunde nicht das geringste dagegen einzuwenden. Er hatte, um etwas zu sagen, einige allgemeine Worte von sich gegeben. Jetzt mußte er erklären, daß es nur seine Meinung gewesen sei, so in groben Zügen – hm –, eine Andeutung zu geben, was nach seiner – hm – Meinung gegen dieses – hm – gesellschaftliche Übel getan werden müßte.

Der Kaplan drückte ihm seine Anerkennung aus für den wertvollen Beitrag, den er zur Klärung der Sache geliefert habe, wonach die Diskussion über diesen Punkt für abgeschlossen betrachtet und der vom Kaplan vorgeschlagene Name: Verein für gefallene Frauen der Gemeinde Sankt Petri angenommen wurde.

Konsul With glättete seinen schwarzen Schnurrbart und sah verstohlen auf die Uhr. Seine Frau hatte ihn dazu gezwungen, an dieser Versammlung teilzunehmen, wo es außer ihm keine anderen Herren als den Kaplan gab. Im übrigen war es eine Auswahl der allerfeinsten

Damen der Stadt, die infolge einer Einladung des Kaplans zu diesem Zweck zusammengekommen waren. Konsul With war mitgenommen worden, weil man einen der besten und reichsten Männer der Stadt unter den Stiftern zu haben wünschte.

Boshafte Menschen waren vielleicht der Ansicht, daß der Konsul sich gerade in einem Verein dieser Art etwas seltsam ausnähme; denn er hatte nicht den besten Ruf.

Einige fanden eine Entschuldigung für ihn in dem Umstand, daß der Konsul beinahe das getan hatte, was nach Kierkegaards Ansicht Luther hätte tun sollen, nämlich sich mit einem Plättbrett verheiratet. Denn Frau With war sicherlich so ziemlich das Flachste, was einem vor die Augen kommen konnte.

Andere fanden, daß sie es nicht besser verdiente, wenn sie so töricht sein konnte, sich einzubilden, daß der schöne Otto With sie wegen etwas anderem als dem Geld des alten Schiffers Randulf genommen hätte.

Aber der Konsul war so geschmeidig und glatt, so liebenswürdig und höflich, daß die Gerüchte an ihm abglitten. Die, die ihn genau kannten, lachten über ihn: Er war nun einmal unverbesserlich; aber die meisten meinten, er sei nicht so schlimm wie sein Ruf.

Inzwischen wurden die Verhandlungen fortgesetzt; die vorbereitenden Arbeiten wurden verabredet und unter den Anwesenden verteilt. Es geschah indes nicht ohne Schwierigkeiten, und der Kaplan mußte äußerst behutsam sein, um zwischen allen diesen Damen zu manövrieren, ohne eine von ihnen zu verletzen.

Besonders konnte er merken, daß mehrere der Damen den Posten einer Sekretärin des Vereins anstrebten. Und das war zum Teil des Kaplans eigene Schuld. Denn er hatte halb im Scherz ausgemalt, wie interessant und verantwortungsvoll es sein müßte, ein großes, dickes Protokoll mit Rubriken von roter und blauer Tinte zu führen.

In dieses dicke Protokoll schien sich besonders die Frau Polizeimeister verliebt zu haben; und jedesmal, wenn von dem Sekretärposten die Rede war, ließ sie ihre schönen Augen, verschämt flehend, auf dem Kaplan ruhen.

Es gab andere, die dieser Auszeichnung würdiger waren. In erster Linie kam Frau With in Betracht, in deren elegantem Salon die Versammlung stattfand und von der der größte Beitrag erwartet wurde. Aber der Kaplan war auf den schlauen Gedanken gekommen, sie damit abzufinden, daß ihr Mann, der Konsul, zum Vorsitzenden des Vereins gemacht werden sollte.

Dann war die reiche Frau Fanny Garman von Sandsgaard da. Sie sah allerdings aus, als ob sie sich nur langweilte und sich um nichts kümmerte; aber es konnte doch sein, daß sie eine Zurücksetzung übelnehmen würde; man konnte es nicht wissen.

Und dann war es auch eine große Frage, ob man nicht der Gattin des Pfarrers diesen Sekretärposten anbieten müßte. Pastor Martens hatte für seine Frau die Einladung, an der Vereinsgründung teilzunehmen, angenommen. Er hatte allerdings hinzugefügt, daß seine Lena, obgleich sie sich herzlich für die Sache interessiere, doch leider so kränklich sei, daß sie sich lieber wie ein stilles Weib innerhalb des warmen Geheges des Hauses aufhalte. Sie war auch nicht bei der Versammlung zugegen.

Der Kaplan fing an, unruhig zu werden. Er war noch verhältnismäßig neu in der Gemeinde, und die Gründung dieses Vereins für gefallene Frauen der Gemeinde Sankt Petri sollte eigentlich sein großes Entree sein. Jetzt fühlte er schon die Schwierigkeiten; was sollte er nur mit diesem Sekretärsposten machen? Doch während er noch saß und sich in allen diesen Bedenken wand, klopfte es an die Tür – und Fräulein Falbe trat ein.

Nachdem sie Frau With flüchtig begrüßt hatte, wandte sie sich kurz und bestimmt an die versammelte Gesellschaft.

»Ich habe gehört, daß hier ein Verein gegründet wird zur Rettung junger Mädchen; und da ich dachte, daß große Nachfrage nach den Plätzen sein würde, wollte ich mich beeilen, ein junges Mädchen zu empfehlen, das es in hohem Grade nötig hat, aus ihrer Umgebung gerettet zu werden. Sie kennen sie sicher auch, Frau Bentzen, es ist die kleine Else bei Madame Späckbom.«

Frau Bentzen schüttelte sich und bürstete einen Faden von ihrem Kleid; natürlich kannte sie sie; alle Welt kannte doch das kleine, herumgestoßene Ding; – aber sie mußte allerdings gestehen, daß ...

Auch mehrere der anderen Damen murmelten und flüsterten untereinander; aber Konsul With war so unvorsichtig zu rufen: »Ah, Sie meinen Floh, Fräulein Falbe, ein entzückendes – hm! hm!« Es half nichts, daß er hustete; das Plättbrett sandte ihm einen Blick zu, und Frau Garman lachte vernehmlich hinter ihrem großen Fächer. Aber Fräulein Falbe fuhr in ihrer Empfehlung fort, indem sie alle Versuchungen des Lebens in der Arche schilderte.

»Daß Fräulein Falbe es aushalten kann, in einem solchen Haus zu wohnen«, sagte das Plättbrett in die Stille.

Das Fräulein unterdrückte eine Antwort. Aber da niemand antworten zu wollen schien, sagte die kleine Frau Polizeimeister: »Entschuldigen Sie: – Ich bin ja noch so fremd; aber wohnt das genannte junge Mädchen innerhalb der Grenzen der Gemeinde Sankt Petri?«

Diese scharfsinnige Frage machte einen so guten Eindruck auf den Kaplan, daß er beschloß, ihr den Sekretärsposten zu geben. Inzwischen wurde bald festgestellt, daß die Arche innerhalb der Grenzen der Gemeinde Sankt Petri lag, und es entstand wieder eine kleine peinliche Pause. Denn sie wollten alle miteinander gern gegen Fräulein Falbe sein, aber niemand von ihnen wußte, welche Einwände sie vorbringen sollten.

Da sagte der Kaplan: »Entschuldigen Sie, Fräulein Falbe! – Aber da Sie den Zweck unseres Vereins kennen, so wissen Sie auch, welche Menschen der Gesellschaft wir retten möchten. Gestatten Sie mir daher eine Frage: Ist das von Ihnen empfohlene Mädchen eine Gefallene?«

»Das weiß ich nicht«, antwortete Fräulein Falbe schnell und errötete; aber gleich darauf fügte sie ruhig hinzu: »Sie ist nicht älter als siebzehn Jahre, und gerade darum hoffte ich, daß sie gerettet werden könnte. Denn in der Umgebung, in der sie aufwächst, scheint es mir beinahe eine Notwendigkeit, daß sie fallen und zugrunde gehen muß – wie wir es so oft Mädchen in ihrer Lage tun sehen.«

»Ja, mein Fräulein, darauf muß ich antworten, daß ich nun einmal diese moderne Anschauung von der Notwendigkeit nicht teile. Ich für meine Person glaube und ich bin –, selbst wenn die neue Weisheit der Zeit mich auslachen sollte, ich bin glücklich in dem Glauben, daß selbst da, wo die Augen der Menschen den sicheren, den notwendigen Weg zum Verderben sehen, daß selbst da noch Raum ist für Gottes liebevollen Ratschluß. Und was die Sache selbst angeht«, fügte der Kaplan hinzu und sah sich in der Versammlung um, »so muß ich an dieser Stelle wiederholen, was ich schon früher die Ehre gehabt habe in diesem Kreise auseinanderzusetzen: – daß – ebenso wie wir es als unsere Pflicht erkannt haben, unsere Wirksamkeit auf eine bestimmte Gemeinde zu beschränken, wir auch daran festhalten müssen, daß unsere Rettungsarbeit eine bestimmte Klasse Mitmenschen umfassen soll. Das haben wir auch in dem Namen, den wir gewählt haben, ausdrücken wollen: der Verein für gefallene Frauen – also nur für die Unglücklichen, die wir gefallene Frauen nennen – der Gemeinde Sankt Petri.«

Diese Rede wurde von allen Damen am Tisch mit gedämpftem, aber eifrigem Beifall aufgenommen; und man hörte von mehreren Seiten: Natürlich; – das ist klar; – so muß es selbstverständlich sein.

Einen Augenblick sah es aus, als ob Fräulein Falbe eine heftige Antwort geben wollte, – sie war manchmal unberechenbar. Doch sie hielt an sich und ließ es mit der trockenen Entschuldigung, daß sie fehlgegangen sei – wie sie sich ausdrückte –, genug sein. Darauf verließ sie die Versammlung.

»So ist Fräulein Falbe immer«, brach Frau With los, als die Tür sich geschlossen hatte, »immer bringt sie etwas Unangenehmes mit sich.«

»Sie ist so merkwürdig hart«, sagte Frau Bentzen.

»Ich fürchte, der rechte Geist mangelt ihr«, sagte der Kaplan mit mildem Ernst.

»Soviel ich weiß«, schob Frau Polizeimeister mit ihrer unschuldigen Stimme ein, »ist Fräulein Falbe in keiner wohltätigen Stiftung in der Stadt Mitglied.«

»Nein, wir hatten sie am Anfang mit in der Kinderbewahranstalt, aber sie war so unzugänglich und herrschsüchtig; und schließlich kam die Geschichte mit der Quacksalberin.«

Diese Geschichte wurde jetzt erzählt. Sie paßte um so besser zur Situation, als sie gerade von derselben Else handelte, die Fräulein Falbe empfohlen hatte. Die Frau Polizeimeister erkundigte sich sehr eifrig nach dem Abstand im Alter zwischen Fräulein Falbe und dem jungen Mädchen, – ein Scharfsinn, den der Kaplan im stillen anerkennen mußte.

Aber erst als Doktor Bentzen hinzukam – er war der Arzt der Familie –, bekam man ordentlich Bescheid über den ganzen Skandal.

Als er hörte, wovon die Rede war, steckte er seine rote Nase in die Luft und fing an, in einem Strom von Worten die Arche von oben bis unten herunterzumachen. Sie wäre eine Schande für die ganze Stadt; Puppen-Lene wäre eine Hehlerin, die sich diesen Tropf von Musikanten hielt, um die Polizei hinters Licht zu führen. Fräulein Falbe und der Bruder wären ungefähr von derselben Art; doch als er zu Madame Späckbom und Floh kam, redete er sich so in Wut, daß seine Frau – wie sie zu tun pflegte – zu ihm hingehen, ihn streicheln und ihn behutsam zur Tür hinausbringen mußte.

Nach diesen Unterbrechungen konnte man die Verhandlungen nicht wieder in Gang bekommen. Frau Fanny Garman hatte ihre Handschuhe zugeknöpft, und vor dem Fenster hatte man schon lange die Sandsgaardpferde gesehen. Frau Fanny hatte ihren Mund nur zum Gähnen geöffnet. Ab und zu schnitt sie aus Langerweile Konsul With ein Gesicht, was er erwiderte, wenn er es sich getraute.

Der Kaplan hatte eigentlich mit einem kleinen Gebet schließen wollen. Aber es machte sich nicht so. Es rauschte und knisterte so seltsam in den Seidenkleidern der Damen, als sie jetzt anfingen, sich zu erheben, daß er nicht dazu kam, anzufangen.

Dieser Verein war außerdem ein wenig anders als die zahlreichen Missions- und Wohltätigkeitsgesellschaften, wo das Religiöse in so hohem Maße hervorzutreten pflegt. Die meisten der hier anwesenden Damen nahmen in der Regel nicht an solchen Veranstaltungen teil; und es war gerade die Absicht des Kaplans gewesen, zu seinem Verein die allerfeinsten Damen zu versammeln, die sich sonst darauf beschränkten, Geldbeiträge zu entrichten.

Deswegen war es aber keineswegs seine Meinung, seinen Verein aristokratischer und exklusiver zu machen als die anderen Vereine in der Stadt. Aber er war der Ansicht, daß die Geistlichen sich in unseren Tagen zu sehr an den Mittelstand wenden und es unterlassen, die zu beeinflussen, die auf der höchsten Gesellschaftsstufe stehen und im Besitz der höchsten Bildung zu sein glauben.

Das war die Ansicht, die er vertreten wollte.

Aber die Stadt verstand ihn leider nicht. Und obwohl schon immer zwischen den zahlreichen der Mission dienenden Vereinen und der ebenso großen Anzahl von Bazarkomitees zu jedem erfindlichen Zweck Konkurrenz und starke Rivalität herrschte, so vereinigten sich alle diese neuen Konkurrenten, den feinen, hochvornehmen Verein für gefallene Frauen der Gemeinde Sankt Petri – mit Konsul With als Vorsitzendem – mit scheelen Augen anzusehen.

III

Madame Späckbom machte auch Hausbesuche in der Umgebung der Stadt; und sie war sehr stolz, wenn eine Kutsche oder gar ein Einspänner vor ihrer Tür hielt.

Else durfte sie ab und zu, wenn Platz war, begleiten, und diese Fahrten waren im Grunde alles, was Floh vom Landleben sah; sonst kam sie nie weiter als in die engen, winkligen Straßen der Stadt; höchstens stahl sie sich ein Boot und ruderte ein wenig im Hafen umher.

Aber an einem schönen Tag Ende August durfte sie die Madame aufs Land begleiten; man hatte sie von Konsul Withs Ziegelei rufen lassen, weil die Frau des Werkführers eine alte Patientin der Madame war.

Die ganze Arche war in Aufregung infolge dieses Ereignisses, und alle Kinder der Nachbarschaft standen andächtig um den Wagen herum, um die Madame aufsteigen zu sehen. Christian Falbe stand am Fenster und nickte, die Bande hatte sich am Bodenfenster versammelt, von wo sie den Wagen wegfahren sehen konnten, und sie riefen und winkten Floh zu. Floh aber wandte sich glückstrahlend um und lachte, daß es in der engen Straße hallte.

Die Sonne war noch nicht ganz klar. Sie schien grauviolett durch den stillen, schweren Herbstnebel, der sich von den Gewässern und nassen Mooren in die Höhe hob und sich mit dem dunkelbraunen Morgenrauch aus allen Schornsteinen unten in der Stadt mischte.

Aber als sie höher hinauf kamen, gab es keinen Nebel mehr; nur tief unten waren einige Flocken in den

Gärten, die zur Stadt gehörten, und unter den großen Bäumen bei der Kirche hängengeblieben. Und es wurde warm und ganz klar, so daß man draußen im Westen den Streifen des offenen Meeres schimmern sah. Aber über dem Stadt-Fjord mit den Inseln und den hohen, blauen Bergen, über den Feldern und den blauen Äckern und über den Abhängen und den Heideflächen lag der junge Herbstmorgen – still und fein.

Floh lachte und schwatzte am Anfang so viel, daß Madame Späckbom sie bat, den Mund zu halten. Die Madame wollte sich lieber mit dem Kutscher, der hinten stand, über seinen Gesundheitszustand und überhaupt über die Zustände auf dem Land unterhalten.

Else hielt jetzt ihren Mund, nicht gerade, weil sie sich so viel darum kümmerte, was die Madame sagte, sondern sie verlor nach und nach die Lust am Reden.

Sie fing an, es mehr für sich zu genießen – alles das, was sie um sich sah, sie rief nicht mehr jedesmal laut auf, wenn sie eine Kuh sah; sondern sie freute sich darüber, daß die Kuh es so gut hatte und in dem frischen, kühlen Gras umhergehen und fressen durfte.

Es war ganz still geworden, und die Wasser, die zwischen den Hügeln auftauchten und verschwanden, lagen spiegelblank da. Der Roggen war hellgelb; aber der Hafer hatte noch grüne Stellen in den Tälern, wo die Erde tief war. Die schweren, kurzen Ähren neigten sich tief hinab nach dem Wind, der gestern geweht hatte, und überall duftete es so warm und so reif.

Aber als sie so weit von der Stadt waren, daß die Äcker aufhörten und die Heide sich in großen violetten Büscheln zu beiden Seiten des Weges ausbreitete, da wurde die Luft so beängstigend reich, daß Else mehrere Male tief aufatmete und sich an die Brust faßte; es kam ihr vor, als ob ihr das Schnürleibchen zu eng würde.

All diese Schönheit der Natur, die sie so wenig kannte, erfüllte sie mit Schmerz, so daß ihr die Tränen in die Augen kamen. Sie ging alle ihre kleinen Sünden durch, und es kam ihr vor, als ob sie nicht gut genug wäre, um von dieser wundervollen Sonne beschienen zu werden.

Aber dann fühlte sie sich von einem unaussprechlich warmen Wohlbehagen von Kopf bis zu den Füßen durchströmt. Sie wurde mit einem Male so froh, so sicher, so dankbar für alles – gegen alle, daß sie gern vom Wagen irgend jemand in die Arme gesprungen wäre, nur um zu danken, weil sie so früh, so überströmend glücklich war. Es kam ihr vor, als ob sie der ganzen Welt so viel verdankte.

Denn die Ahnung eines großen, großen Glückes überkam sie; sie lehnte sich zurück, so gut es sich in dem rüttelnden Wagen tun ließ, und fing an zu träumen.

Es waren nicht die alten Träume von der Braut und den Wagen; es war cin neuer Traum – groß, seltsam, gestaltlos – fast beängstigend.

Else machte heimlich ein paar Knöpfe ihres Kleides auf, um zum Schnürleibchen zu gelangen; es war wirklich viel zu eng.

Als sie ankamen, hätte Floh gern die Madame gebeten, ihren Mund zu halten, so sehr war sie in ihre Träume versunken und so schmerzlich war es, aus ihnen gerissen zu werden.

Das Haus des Werkführers lag in einiger Entfernung von den übrigen Gebäuden der Ziegelei, und während die Madame zu ihrer Patientin hineinging, wollte Else sich die seltsamen langen Häuser, die statt der Wände Holzregale hatten, ansehen.

Noch halb in ihrem Traum befangen, ging sie umher und betrachtete all das Neue und Seltsame, und alles machte heute einen eigenartigen, unwirklichen Eindruck auf sie.

Sie achtete nicht auf die Arbeiter, die schwitzend und mit Lehm beschmiert um sie herumgingen, aber sie blieb lange stehen und betrachtete das große Wasserrad, das die Lehmmühle antrieb. Auf der Rückseite des Rades, wo die Schaufeln nach oben gingen, sprangen Hunderte und Tausende von kleinen Wassertropfen; sie sprangen im Bogen in die Höhe und fielen in kleinen, klaren Sternen herab, die sich leuchtend von dem schwarzen Rad, das sich herumdrehte, abhoben.

Es war frisch und kühl unter dem Wasserrad, und der eintönige Laut der Schaufeln, die herumplätscherten, und die klaren Wasserperlen, die vor ihren Augen tanzten, lockten sie in neue Träume, bis sie plötzlich angesprochen wurde. Sie stand einem Riesen im Weg, der stöhnend eine schwere Last von der Lehmbahn in die Ziegelmühle trug.

Else ging in die langen Gänge hinein, wo die Ziegelsteine wie Gesangbücher in den Regalen aufgestellt waren – hoch über ihrem Kopf und in langen, langen Reihen, bis an das Ende des Ganges, wo sie einige ganz kleine Menschen sich draußen im Sonnenschein auf- und abbewegen sah.

Durch die Ritzen im Dach kam hin und wieder ein Sonnenstrahl, der einen langen, leuchtenden Streifen schräg durch die Luft zog und einen runden Sonnenfleck auf die Erde warf.

Die Sperlinge, die ihre Nester da oben gehabt hatten, machten noch einen Heidenlärm mit ihrem Gezänk und Geschrei. Vom Gang nebenan kamen die festen Schläge der Klopfer, die die Ziegel glattschlugen, ehe sie trockneten; ein lustiger junger Bursche sang in einiger Entfernung ein schwermütiges Liebeslied, während er arbeitete, und bei alledem ging das große Wasserrad und plätscherte geduldig und einförmig und drehte die Mühlen, daß es knarrte.

Else hörte Stimmen und bog neugierig in einen Seitengang ein; hier standen drei junge Burschen und formten Ziegelsteine. Ihre Augen richteten sich gleich auf ihn, der am Formertisch stand und den Lehm in die Form klatschte.

Er mochte neunzehn oder zwanzig Jahre alt sein; kohlschwarze Haare, die sich an den Schläfen leicht lockten; die Augenlider groß und ein wenig schwer; aber als er jetzt von der Arbeit aufsah, richtete er ein Paar dunkle, fast schwarze Augen auf Else.

Sie sah weg und wurde rot. Nie in ihrem Leben, glaubte sie, etwas so Schönes gesehen zu haben. Er hatte ein klein wenig dunklen Flaum unter der Nase, sonst hätte der Mund ebensogut ein Mädchenmund sein können, so rot und weich war er. Else war auf einmal so, als ob das der Mund sei, von dem sie den ganzen Tag geträumt hätte.

Sie ging den Gang ein Stück hinunter, kehrte aber wieder um und näherte sich wieder auf Zehenspitzen. Da hörte sie aus dem Seitengang, wie einer sagte: »Doch, sicher mußt du sie kennen, Svend! – Sie wurde ja ganz rot, als sie dich sah.«

Svend lächelte vor sich hin; sie konnte gerade seinen Mund zwischen den aufgestellten Ziegeln sehen. Darauf strich er sich mit den nackten Armen über die Stirn, so daß er noch mehr mit Lehm beschmiert wurde, und sagte: »Das war ein verteufelt schönes Frauenzimmer.«

Das schien Floh unvergleichlich gut gesagt zu sein, und sie fühlte sich stolz und geschmeichelt. Leise schlich sie sich fort, um ihren Triumph in Ruhe zu genießen.

Trotzdem trieb es sie bald wieder zurück; doch da läutete gerade die Mittagsglocke. Die Arbeiter strömten aus den Gängen hinaus und hinunter ans Wasser, um sich vor dem Essen ein wenig zu waschen; und ein kleiner Junge kam, um Else zu holen. Sie sollte mit der Madame im Haus des Werkführers essen.

Am Nachmittag hatte die Madame einige Krankenbesuche auf den naheliegenden Höfen zu machen, und Else sollte sie begleiten. Aber sie zeigte sich so gedankenlos und ungeschickt, daß Madame Späckbom böse wurde und sagte, es sei besser, sie ginge ihrer Wege.

Floh lachte und lief gleich wieder zur Ziegelei hinunter. Es war ungefähr vier Uhr. Sobald Svend sie sah, erklärte er, daß er für heute Schluß machen werde. Die anderen wollten, daß er weiterarbeiten müsse, bis das übliche Arbeitspensum geschafft sei; aber er warf die Form weg und ging hin, um sich umzuziehen.

Die Kameraden brummten, doch ließen sie ihn gehen; sie wußten, er konnte in bestimmten Situationen ebenso querköpfig sein, wie er im allgemeinen gutmütig war; und außerdem war Landstreicherblut in Svend, das heißt, er war ein Zigeuner, und die Zigeuner zu necken, ist gefährlich.

Als er sich eine Weile später Else in reinem Kragen, blauen Tuchanzug und neuem Hut vorstellte, konnte sie ihn kaum wiedererkennen. Sie war ganz benommen von seiner Schönheit. Trotzdem merkte sie gleich, daß er ungeschickter und ländlicher war, als sie geglaubt hatte, und es vergingen nicht viele Minuten, bis sie sich ihm überlegen fühlte.

Nachdem sie ihn nach verschiedenen Dingen gefragt hatte, bot er sich an, sie in der Ziegelei herumzuführen. Und jetzt kam er mehr ins Reden; ja, er lachte sie sogar einige Male aus, wenn sie zu dumm war.

Sie gingen zusammen durch die langen Gänge, während er ihr alles, was sie sahen, erklärte; bis auf den Ofen hinauf führte er sie, und hier durfte sie zu den glühenden Ziegelsteinen, die gerade gebrannt wurden, hinuntersehen.

Dies alles machte Floh Vergnügen, wie überhaupt alles heute vergnüglich war. Schon allein an seiner Seite zu gehen und ihn reden zu hören, war ein Vergnügen; und daß sie nicht die Hälfte von dem verstand, was er ihr erklärte, paßte zu diesem seltsamen Tag mit all den neuen Eindrücken und neuen Träumen.

Aber dann wurde wieder nach Else geschickt. Madame Späckbom war fertig und wollte in die Stadt. Es gab keine andere Möglichkeit als zu folgen. Else schleppte sich zum Haus des Werkführers, wo die Madame schon im Wagen saß.

»Komm jetzt, Else!« rief sie ungeduldig, »es geht auf sieben, wir müssen bei Tageslicht zu Hause sein.«

Floh faßte sich ein Herz. »Darf ich zu Fuß in die Stadt gehen, es ist so schönes Wetter?«

Madame Späckbom sah Svend an und schmunzelte. »Oho, du hast wohl gute Begleitung, scheint mir; – ja, ja, da mußt du selbst auf dich aufpassen, Else; aber komm nicht zu spät nach Hause«; damit fuhr die Madame davon.

Sie war eine sehr liberale Dame, die Madame Späckbom, und sie fand nichts Böses darin, daß die jungen Leute an dem schönen Abend zusammen gingen; außerdem gefiel ihr Svends Gesicht.

Die beiden jungen Leute gingen also am Wasser entlang, während die Madame die Straße nach der Stadt einschlug. Floh war froh über ihr Glück, aber als sie dann ein wenig kokett Svend fragte, ob er sie in die Stadt begleiten wolle, antwortete er unbeholfen, wie er war: »Ich muß wohl.«

Dadurch fühlte sich Floh ein wenig gekränkt; sie war galantere Kavaliere gewöhnt. Aber er eroberte sich wieder ihre ganze Gunst, als er über den Zaun des Küstergartens kletterte und ihr von einem Busch, der vom Haus aus nicht gesehen werden konnte, eine Rose stahl.

Es war eine ganz gewöhnliche rote Gartenrose, die nach der eigentlichen Blüte hängengeblieben war. Aber sie hatte trotzdem den Duft – den Rosenduft, der mit zu ihren Träumen gehörte.

Und während sie in diesem Duft an seiner Seite ging, fühlte sie wieder eine unbezwingliche Lust zu danken, jemandem von ihrem eigenen Glück mitzuteilen. Sie wollte sich ihm an den Hals werfen, ihn küssen, die unglaublichsten Dummheiten machen; aber er ging ein Stück von ihr entfernt und sah so kalt und ernst aus, daß sie sich schämte.

Trotzdem ging auch er und quälte sich mit demselben Gedanken. Er wollte furchtbar gern, daß sie sich ins

Heidekraut setzen und zusammen schwatzen sollten; aber er wagte nicht, es ihr vorzuschlagen.

Es hatte um die Mittagszeit ein leichter Wind geweht; aber der Abend war wieder vollständig still. Der Fjord lag spiegelblank da mit glänzenden Ringen, wo gerade ein Vogel untergetaucht war, oder mit langen wogenden Streifen hinter einem Fischerboot, das in den Sund hinausfuhr, um Dorsche zu fangen.

Kein Vogellaut war zu hören, überhaupt kein Laut ringsumher; aber ein wohltuendes, verlockendes Schweigen, in dem man sich verbergen konnte, um jemand etwas zuzuflüstern, das kein Mensch hören durfte.

Else kam es wieder vor, als ob ihr die Brust weiter würde. Sie ging, über ihre Rose gebeugt, weiter. Und wie sie so miteinander spazierten, kamen sie sich allmählich immer näher; schließlich gingen sie so dicht nebeneinander, wie sie konnten; sie redeten nicht mehr, sondern atmeten kurz; sie strauchelte und ergriff seinen Arm; er preßte ihre Hand an sich, und so gingen sie einige Schritte, ohne selbst etwas davon zu wissen.

Aber ein Wagen kam schnell den Abhang hinter ihnen herunter. Der Kutscher rief sie an, und sie sprangen jeder auf seine Seite.

Es war Konsul With, der von seiner Ziegelei zurückkehrte. Als er Else sah, ließ er den Wagen halten, sprang heraus und faßte ihre Hand: »Ah, guten Abend, Jungferchen! Ihr sollt gewiß zurück in die Stadt, kommt und fahrt mit mir.«

Else wollte Einwendungen erheben, aber er hob sie fast in den Wagen. Sie erkannte sogleich den reichen und vornehmen Konsul With und genierte sich ein wenig, weil sie sich sträubte; halb kam es ihr zu Bewußtsein, welche große Ehre es für sie war, in seinem Wagen zu fahren.

Aber als sie davonrollten, war sie sehr erschrocken. Sie bekam nur noch einen Schimmer von Svend zu sehen, der ganz verblüfft am Rande des Weges stehengeblieben war, dann fuhr der Wagen einen neuen Abhang hinunter; und er entschwand ganz.

Außerdem hatte sie genug mit dem Konsul zu tun, der seinen Arm um sie legte und sie auf den Hals küssen wollte.

Floh war derartiges gewöhnt und verstand es, sich die Männer vom Leibe zu halten. Aber dies war eine ganz andere Sache. Sie konnte doch nicht Konsul With, den die ganze Stadt grüßte, und der so fein war, wegstoßen.

Außerdem war er so alt – wie es ihr schien; und schließlich fühlte sie sich angegriffen und seltsam erschöpft von dem langen Tag mit den vielen neuen Dingen; es ging ihr alles durcheinander; sie wußte nicht mehr genau, mit wem sie in dem dunklen Wagen saß; die ganze Zeit dachte sie an Svend, und ihre Begriffe verwirrten sich, so daß sie sich so bange, glücklich und müde fühlte.

Konsul With wohnte im Sommer in einer Villa unten am Fjord. Er ließ den Kutscher in den Hof hineinfahren, stieg selbst aber mit Else am Gartentor aus. Sie wollte nicht mit ihm hineingehen, aber er faßte sie an der Hand.

»Oh, meine Rose!« rief Else; er hatte alle Blätter abgerissen.

»Komm nur, so sollst du so viele Rosen bekommen, wie du haben willst«, flüsterte er und zog sie mit sich.

Es war ganz dunkel in dem schmalen Gang zwischen den Büschen, wo er sie vorangehen ließ.

Sie bat ihn – noch halb ehrerbietig –, nach Hause zu dürfen; aber er antwortete nur mit einem Scherz.

Ganz dicht am Haus standen einige seltene gelbe Rosen. Der Konsul sah zu den Fenstern hinauf, schlich sich dann hin und schnitt sie mit seinem Taschenmesser alle ab.

Else bekam die ganzen Hände voll; sie mußte sich natürlich bedanken; sie waren selbst im Halbdunkel so wunderbar schön, und sie hatten einen eigenartigen, feinen Duft, den sie nie gekannt hatte; – es waren Rosen, und doch waren es nicht ihre Rosen.

Aber als er eine kleine Tür an der Rückseite des Hauses öffnete, durchzuckte es sie, daß dies ein schlimmes Ende nehmen würde. Sie wollte weglaufen, doch er legte schnell den Arm um sie, zog sie hinein und schloß die Tür.

IV

Der Verein für gefallene Frauen der Gemeinde Sankt Petri war also gegründet worden, und die Frau Polizeimeister war nicht wenig stolz auf ihr Protokoll. Es war ein dickes, feierliches Buch in gelblich–weißem Pergament; auf dem roten Rücken prangte der Name des Vereins in goldenen Buchstaben.

Übrigens war die Arbeit des Vereins noch vorbereitend, da die Mittel noch nicht dazu reichten, eine eigene Anstalt mit Gebäude und Administration zu errichten. Außerdem ging es etwas langsam mit dem Sammeln von Beiträgen voran, die Stimmung war nicht günstig; auch schien es nicht so leicht zu sein, die gefallenen Frauen der Gemeinde Sankt Petri zu finden.

Aber das war ja nicht Sache des Sekretärs. Die Frau Polizeimeister hatte jeden Vormittag von zehn bis elf Uhr in ihrem Salon Kontorzeit. Das Protokoll lag auf der ersten Seite aufgeschlagen da, wo bisher nur die Überschriften über den Rubriken standen: Name, Alter, von wem empfohlen usw. Daneben stand das Schreibzeug mit einer farbigen Gänsefeder zur Dekoration und einer neuen Stahlfeder zum Schreiben.

Bisher war niemand gekommen, und die junge Frau wurde manchmal ein wenig ungeduldig. Hin und wieder wurden Versammlungen abgehalten oder der Kaplan kam zu ihr herauf, um über die Angelegenheiten des Vereins zu reden. Es war eine eigene Sache, mit einem jungen Mann von diesen Dingen zu reden, und die schönen Augen der Frau Polizeimeister mußten sich oft verschämt auf das Protokoll herabsenken.

Aber so war es auch ein erhebendes Gefühl, daß man – wie der Kaplan sagte – mitten in seiner eigenen Reinheit auch für die Sünde ringsherum ein Auge hatte und tat, was menschenmöglich war, um die Gefallenen zu retten.

Zu Hause in der Arche lebte man, wie man konnte, aber nicht immer, wie man sollte. Der Mann mit den vielen Gesichtern hatte sich mehrere Male gezeigt, und diese Besuche hatten immer einen allgemeinen Wohlstand und eine wohlwollende Laune bei der mürrischen Gastgeberin ausgelöst.

Die Trio–Konzerte florierten darum, und es ging nicht nur über den seligen Fürstenau her, sondern auch Onslow und Kalliwoda, ja selbst Vater Haydn mußte sich damit abfinden, vom Ölk getrillert, von Jørgen Tambour getrommelt und vom alten Schirrmeister gehämmert zu werden, der wie ein Rasender spielte und wie ein deutscher Musikant trank.

Christian Falbe hatte im Herbst eine seiner allerschlimmsten Perioden, und dies nahm die Schwester so sehr in Beschlag, daß sie nicht merkte, wie blaß und verändert Else geworden war.

Madame Späckbom merkte es dagegen gut; sie lächelte mit ihrem wissenden Lächeln: Wenn die Jugend verliebt war, so sah sie eben eine Zeitlang so aus.

Als sie Svend und Else zusammen gesehen hatte, hatte sie sich sogleich gesagt: Aus ihnen wird ein Paar. Sie paßten so ausgezeichnet zueinander, das sah die Madame gleich, und sie hatte einen sicheren Blick in solchen Dingen.

Als darum Svend sich an einem Sonnabendnachmittag ungeschickt und verlegen einstellte, empfing Madame Späckbom ihn äußerst freundlich und bat ihn, sich aufs Sofa zu setzen, während sie ging, um Else zu holen.

Else war jedoch nicht in der Küche, sie war nirgends zu finden. Sie kam erst eine ganze Weile später, nachdem Svend endlich gegangen war, zum Vorschein. Die Madame schalt sie, aber lächelte trotzdem pfiffig; denn auch dieses Symptom kannte sie: Gerade so verhielten sich die Mädchen, wenn sie wirklich verliebt waren.

In den ersten Tagen hatte Floh nicht die Augen aufgeschlagen. Sie nahm sich mit großem Eifer der Wirtschaft an und ging nie aus. Aber nachts weinte sie vor Scham und Angst; jeden Morgen erwartete sie, daß alle Welt es wissen sollte.

Doch als Tag für Tag verging, ohne daß ihre Befürchtungen eintrafen und alles wie früher schien, beruhigte sie sich ein wenig. Allerdings war eine bisher nicht bekannte Ängstlichkeit bei ihr zu erkennen; auch konnte sie nicht mehr lachen wie früher; aber ihr leichter Sinn half ihr bald über das Schlimmste hinweg, und allmählich fand sie ihren guten Schlaf und ihre klaren Augen wieder.

Nur Svend wollte sie nicht sehen. Jedesmal wenn sie an ihn dachte, wurde sie glühendrot; es war viel schlimmer, an ihn zu denken als an den anderen.

Sie hatte den Konsul mehrmals in der Dunkelheit am Haus vorbeigehen sehen; aber sie bemerkte zu ihrer Freude, daß er sich nicht hineingetraute. Dagegen kam beinahe jeden Abend, wenn Madame Späckbom nicht im Hause war, eine ältliche Frau, die immer lächelte und freundlich war. Sie lud Else eifrig ein, sie zu besuchen; sie wohnte ganz in der Nähe, unten in der Strandstraße. Gleichzeitig legte sie ihr dringend ans Herz, mit keinem Wort Madame Späckbom gegenüber etwas von ihren Besuchen verlauten zu lassen.

Eines Abends gab es eine fürchterliche Szene. Madame Späckbom hatte in der Dunkelheit draußen auf dem Gang einen fremden Mann erwischt; und da er sich nicht zu erkennen geben wollte, öffnete die Madame resolut die Tür zum Wohnzimmer, wo Else im Schein der Lampe saß.

Ein einziger Blick auf das verstörte Gesicht des jungen Mädchens, als es sich zeigte, daß es Konsul With war, den sie erwischt hatte, genügte; die Madame kannte den Konsul so gut, daß sie alles sofort begriff; und Madame Späckbom hatte jedenfalls keinen Respekt vor ihm. Darum wurde er mit einem kräftigen Stoß zur Tür hinausbefördert, begleitet von einem Schwall von Schimpfworten und Flüchen, die der feine Mann mit ausgesuchtem Anstand wegsteckte, froh darüber, fortzukommen.

Danach wandte sich die Madame Else zu, und es endete damit, daß sie sie noch am selben Abend fortjagte.

Denn – wie sie sagte – wenn es ein anderer gewesen wäre, zum Beispiel der Junge von der Ziegelei, so hätte sie kein Wort gesagt, sondern ihnen eher geholfen, daß sie zusammenkommen und heiraten könnten. Niemand sollte von Madame Späckbom sagen, daß sie streng gegen die Jugend sei. Aber sich an solch ein Schwein wie Konsul With wegzuwerfen! – Nein, nein! Hielt Else sich nicht für zu schade für so einen, so könnte sie nicht mit Madame Späckbom unter einem Dach wohnen.

Die sonst gutmütige Madame wurde wütend, wenn sie erst in Zorn geriet, und dies hatte sie tief empört und verletzt. Solch eine bodenlose Falschheit von Floh, sie mit dem Burschen von der Ziegelei zu täuschen – sie, Madame Späckbom, die einen so sicheren Blick in solchen Sachen hatte! – Und dann dieser Konsul With! Nein, hier konnte von etwas anderem nicht die Rede sein, als daß Else den schwärzesten Undank gezeigt hatte und ein abgefeimtes, falsches und leichtsinniges Luder sei.

Floh stand auf der dunklen Straße, ehe sie recht zur Besinnung kam. Sie hatte erst geweint, aber jetzt hörte sie auf und überlegte. Ihre größte Sorge war, ob die Madame schweigen würde oder ob jetzt alle es erführen.

Es war kalt, der Wind stürmte, und sie hatte keinen Mantel. Sie beschloß, zu einer Freundin zu gehen, die in der Nähe in Stellung war, und geduldig abzuwarten; vielleicht könnte die Madame es sich anders überlegen.

Floh blieb die Nacht bei ihrer Freundin, und den nächsten Morgen ging sie zu Madame Späckboms Haus hinunter. Aber die Madame erblickte sie, als sie die Straße herunterkam und schlug ihr die Tür vor der Nase zu.

Nun erst begriff Else, daß sie im Ernst fortgejagt worden war; und ihr Unglück überfiel sie mit einer plötzlichen Wucht, die sie zu überwältigen drohte. Sie schlich sich in die engsten Straßen in der Nähe des Strandes und ging schluchzend mit gesenktem Kopf, ohne zu sehen, wohin sie ging.

Auf einmal traf sie die freundliche Frau, die sie mehrere Male besucht hatte.

»Armes, kleines Elschen«, sagte die gute Frau, »was haben sie dir angetan? Komm mit zu mir, ich wohne ganz in der Nähe, bei mir sollst du es gut haben, und niemand darf dir was antun; komm, du – mein Kind.«

Es tat Else so unsäglich wohl, diese freundlichen Worte zu hören, und sie ging gerne mit.

Das Haus war ganz klein und lag eingeklemmt zwischen zwei großen Lagerhäusern, die Konsul With gehörten. Die Frau führte sie ins obere Stockwerk in ein kleines, hübsches Zimmer, das auf den Hafen hinausging. Nebenan war ein noch kleineres und hübscheres Schlafzimmer.

»Sieh, hier kannst du bleiben, so lange du willst«, sagte die Frau und streichelte sie; »ich habe so lange darauf gewartet, daß du kommst.« Else war gar nicht einmal so sehr erstaunt.

In den Träumen, die sie zu Schirrmeisters Musik zu träumen pflegte, ging es gerade so zu und noch wunderbarer. Und die letzte Zeit mit all den großen Aufregungen und Gemütsbewegungen hatte ihr die Wirklichkeit selbst so bunt erscheinen lassen, daß sie weder zweifelte noch fragte, sondern sich vom Strom treiben ließ – froh und beruhigt, aus der fürchterlichen Verlassenheit gerettet zu sein, die sie eine Zeitlang quälend empfunden hatte.

Nur als die freundliche Frau ganz beiläufig Konsul Withs Namen nannte, während sie ihr neue Strümpfe anzog – bis zu den Strümpfen lag alles in der Kommode bereit –, erst da durchzuckte es Else; sie stand vom Sofa auf und wollte weglaufen.

Aber die Frau hielt sie fest und sprach dann so gerührt von dem guten Konsul, erzählte so viel Schönes und Gutes von ihm; und außerdem – wohin sollte sie laufen?

Floh legte sich aufs Sofa; und als die gute Frau ihr kurz darauf Kaffee, Eier und Weißbrot auf einem Tablett mit einer weißen Decke brachte, fing sie an zu essen und vertrieb sich die Zeit damit, die Boote draußen in der Bucht vorbeifahren zu sehen.

Während des Herbstes und Winters wohnte Else hier und hatte es gut. Sie gewöhnte sich nach und nach an den Konsul, der freundlich und gutmütig war. Sie ging sehr selten aus, und vor einigen ihrer Bekannten schämte sie sich furchtbar, wenn sie sie traf. Andere dagegen blieben stehen und redeten mit ihr, besahen und befühlten alles, was sie anhatte; und ihr Neid war ihr gewissermaßen eine Genugtuung. Aber vor Fräulein Falbe hatte sie eine solche Angst, daß sie lief, wenn sie sie von ferne sah.

Die größte Angst hatte sie jedoch vor Svend. Sie wußte, daß er in die Stadt gekommen war, als die Arbeit in der Ziegelei im Herbst beendet war; und eines Abends merkte sie, daß er ihr die ganze Strandstraße nachging.

Sie eilte hinauf und schloß sich ein. Kurz darauf hörte sie ihn an der Tür rütteln und ihr in halblauter Stimme etwas zurufen. Aber sie verhielt sich ganz ruhig, und dann ging er wieder.

Ein paar Tage später stand er, ehe sie sich's versah, mitten im Zimmer. Else lief an die Kammertür, um sich einzuschließen. Svend stand inzwischen ganz ruhig und sah sich um. Er war verändert. Sein Gesicht war nicht mehr so schön und so braun wie im Sommer, und Floh konnte ihm gut ansehen, daß er in der letzten Zeit ein liederliches Leben geführt hatte.

»Ich weiß alles, Else«, fing er an, »aber das ist ganz egal. Ich habe noch hundert Kronen von meiner Arbeit im Sommer; wenn du gleich mit mir kommst, so wollen wir heiraten und zu meinem Onkel in Arendal ziehen, da hat man mir Arbeit versprochen.«

Else ließ die Türklinke los. Jetzt hatte sie keine Angst mehr; aber voller Scham beugte sie den Kopf und sagte: »Nein, Svend! Darum sollst du mich nicht bitten, denn das kann ich nicht. Aber vielen Dank, daß du es wolltest.«

Svend setzte sich auf den Stuhl an der Tür, und als er sah, daß Else weinte, fing auch er an zu weinen. So weinten sie eine Zeitlang zusammen, jeder in seiner Ecke.

Aber plötzlich dachte Floh daran, daß jemand kommen könnte. Eilig trocknete sie ihre Augen und flehte ihn an, zu gehen – so schnell er könne.

Niedergeschlagen und demütig ließ er sich fortjagen; aber er sagte, daß er wiederkommen wollte.

Und er kam oft wieder zu Zeiten, wo sie ungestört sein konnten. Jedesmal wenn sie ihn sah, flammte die Scham wieder auf, immer etwas schwächer werdend, bis sie lange Zeit dasitzen und mit ihm reden konnte. Mit einem seltsam nervösen Interesse hörte sie, daß sein Geld weniger wurde. Sie fragte ihn eifrig über seine Kameraden aus, und als sie hörte, daß er mit einigen aus der Bande zusammengekommen war, verstand sie, daß es abwärts mit ihm ging.

Aber sie warnte ihn nicht, es tat ihr auch gar nicht so leid. Es wäre viel, viel schlimmer gewesen, wenn er so schön und unschuldig geblieben wäre wie damals, als sie ihn das erste Mal sah, – jetzt, wo sie selbst so sehr heruntergekommen war.

An dem Tag, an dem er nur noch zwanzig Kronen von seinem Geld übrig hatte, bot er ihr diese – halb spitzbübisch, halb demütig für einen einzigen Kuß.

Else schreckte zurück, bange und böse zugleich: Sie wollte um alles in der Welt nicht ihn und sein Geld anrühren.

Svend steckte es ein – demütig und zerknirscht wie ein Hund, der Schläge bekommt. Doch als er sich zur Tür schlich, tat er ihr trotzdem leid, und dann küßte sie ihn – einfach so, ohne eine Gegenleistung zu erwarten.

So verging der Winter.

Als im Laufe des Februar und März die Tage länger und heller wurden, begannen allerhand Gerüchte, die in der Stille des dunklen Winters ausgebrütet worden waren, ihre Flügel zu regen, und eine neue Geschichte von Konsul With flog sausend von Haus zu Haus.

Der Konsul griff zu seinem gewöhnlichen Mittel; er reiste in Geschäften nach London hinüber. Und eines Tages kam die freundliche Frau zu Else herein mit einem ganz neuen Gesicht, in dem nicht der geringste Rest eines Lächelns zu finden war, und verkündete kurz und bündig, der Konsul sei abgereist – wenigstens für ein Jahr, und Else habe nichts mehr im Haus zu suchen, sondern müsse sich so bald als möglich aus dem Staube machen und dürfe nichts mitnehmen.

Floh war nicht mehr wie damals, als sie von Madame Späckbom weggejagt wurde. Sie erhob sich und schimpfte die freundliche Frau tüchtig aus, und es entstand eine große Zänkerei, die damit endete, daß die Frau drohte, Floh noch vor dem Sonnenuntergang aus dem Haus zu werfen.

»Gern, herzlich gern«, schrie Else; sie hatte es lange vorgehabt; sie war der ganzen Sache überdrüssig. Und als Svend im selben Augenblick die Treppe hinaufkam, rief sie mit funkelnden Augen: »Jetzt gehe ich mit dir, Svend.«

Aber Svend sah eher bestürzt als glücklich aus, und er flüsterte ihr verzagt zu: »Ich habe keinen Groschen mehr.«

Da lachte Floh, – sie lachte, so daß es im ganzen Hause hallte – die Treppe hinauf und die Treppe hinunter; und Svend bekam beinahe Angst.

Strahlend, als sei es der lustigste Triumph der Welt, nahm sie seinen Arm und ging an der Frau vorbei, die dastand und sie höhnisch angrinste.

Sie gingen zur Bande hinauf; an Fräulein Falbes Tür blieb Else stehen und wurde nachdenklich, aber nur einen Augenblick lang.

V

Die schöne Frau Polizeimeister hielt ihre Bürozeiten von zehn bis elf nicht mehr ein. Sie hatte es satt. Diese vorbereitenden Arbeiten zogen sich unendlich in die Länge; nachdem der Verein gegründet war, schien der Kaplan sein Ziel erreicht zu haben, und es sah aus, als läge das Gedeihen und Vorwärtskommen des Vereins ihm nicht so sehr am Herzen.

In der letzten Versammlung hatte er sogar unter allgemeiner Zustimmung vorgeschlagen, die Sache vorläufig bis zum Herbst auf sich beruhen zu lassen; jetzt käme schließlich der Sommer, und alle Gönner der Anstalt reisten in die Sommerfrische; man müsse sich darum darauf beschränken, im stillen zu arbeiten – wie der Kaplan sich ausdrückte –, und dann wieder – so Gott wolle – im Herbst mit neuen Kräften zusammenkommen.

Die Arbeit im stillen war nichts für die Frau Polizeimeister. Ganz im Gegenteil: sie wünschte, sich in der einen oder anderen Weise auszuzeichnen; aber es gab keine Gelegenheit. Schließlich ließ sie das Protokoll geschlossen auf dem Schreibtisch liegen; es war doch immer ein hübscher Gegenstand, und alle Besucher fragten, was es wäre.

An einem schönen Maimorgen zwischen zehn und elf kam das Mädchen ins Schlafzimmer und meldete, daß Fräulein Falbe im Salon sei und mit der Frau Polizeimeister zu sprechen wünsche.

Die gnädige Frau wollte sich erst entschuldigen lassen; aber als sie hörte, daß es den Verein für gefallene

Frauen der Gemeinde Sankt Petri beträfe, warf sie sich in ein kleidsames Negligé und kam herein. Sie war trotzdem ein wenig ärgerlich; es sah so recht Fräulein Falbe ähnlich, ungelegen zu kommen.

Auch das sah ihr ähnlich, daß sie die Geschichte von den fürchterlichen Kopfschmerzen, die die junge Frau erzählte, gar nicht zu hören schien, sondern ohne weiteres auf die Sache losging.

»Sie erinnern sich, gnädige Frau«, so fing sie an, »daß ich vor einiger Zeit ein junges Mädchen Ihrem Verein empfahl? Sie erinnern sich vielleicht auch, was seine Aufnahme verhinderte?«

Die Frau Polizeimeister nickte steif.

»Dieses Hindernis ist leider jetzt weggefallen.« Fräulein Falbes Stimme klang etwas scharf, als sie das sagte. »Das Mädchen ist in einer traurigen Weise auf Abwege geraten.«

Die Frau Polizeimeister wußte nicht recht, was sie antworten sollte. Sie nahm eine geschäftsmäßige Miene an und suchte nach Einwendungen; sie fühlte einen instinktiven Drang, Fräulein Falbe zu widersprechen.

Auf einmal fiel ihr ein: Hier war ja die vortrefflichste Gelegenheit, sich auszuzeichnen; sie war ja der Sekretär des Vereins, und wenn auch die Anstalt nicht fertig organisiert war, so hatte sie doch sowohl Geld als auch Kleidungsstücke zu ihrer Verfügung. Sie sah nach dem Protokoll hin. Die Frauen, die eine feste Unterstützung vom Verein empfingen, sollten darin eingetragen werden.

Die Frau Polizeimeister faßte einen kühnen Entschluß und öffnete feierlich das Protokoll.

Mit fester, zierlicher Hand füllte sie endlich die leeren Rubriken in der ersten Zeile aus; Name, Alter, von wem empfohlen usw., alles mit einer Geschäftsmiene, als ob sie es zum zwanzigsten Male täte.

Als alles ausgefüllt war, sagte Fräulein Falbe: »Was das Kind betrifft –.«

»Das Kind!« schrie die Frau Polizeimeister, »ist ein Kind da?«

»Es kommt eins«, antwortete das resolute Fräulein Falbe.

Die arme Frau Polizeimeister glaubte einen Augenblick, sie würde in Ohnmacht fallen; aber die Wut behielt die Oberhand; glühendrot und mit Augen, die alles andere als fromm waren, erhob sie sich: »Es ist schändlich von Ihnen, Fräulein Falbe! Aber so ist es immer mit Ihnen. Jetzt muß ich im Protokoll radieren, es ist ruiniert, vollständig ruiniert!« – und die junge Frau brach vor Kummer und Ärger in Tränen aus.

»Aber was soll denn das bedeuten?« fragte Fräulein Falbe.

»Oh – das wissen Sie wohl«, schluchzte die Dame, »wenn ein Kind da ist, hätten Sie sich an den Verein für bedürftige Wöchnerinnen und nicht an uns wenden müssen; – das wußten Sie wohl – doch, das wußten Sie! – Davon bin ich überzeugt.«

Fräulein Falbe lächelte, Fräulein Falbe lächelte wirklich ein wenig boshaft, als sie die Treppe hinunterging. Ob sie es gewußt hatte, ist nicht leicht zu sagen; jedenfalls ging sie nicht zu dem Verein für bedürftige Wöchnerinnen.

Dagegen ging sie wieder heim in die Arche und suchte Madame Späckbom auf. Die beiden Damen kannten sich gut und hatten die größte Achtung voreinander. Wenn Fräulein Falbe gar keinen Ausweg mehr wußte, wie sie einem armen Menschen, den sie gefunden hatte, Hilfe bringen sollte, so wandte sie sich an Madame Späckbom, die immer etwas übrig hatte, wenn Not am Mann war.

Und die Madame schätzte das Fräulein unendlich hoch; – hauptsächlich wohl deshalb, weil Fräulein Falbe der einzige gebildete Mensch war, der je eine wirkliche Achtung vor ihrer Heilkunst gehabt hatte.

Außerdem pflegte sie zu behaupten, daß das Fräulein, obgleich es so wenig zum Verschenken hätte, doch mehr Nutzen stifte als alle wohltätigen Damen der Stadt und viel beliebter wäre als diese.

Aber als die Madame jetzt erfuhr, daß es sich darum handelte, Floh zu helfen, schüttelte sie mißbilligend ihre Hängelocken: »Es nützt nichts bei ihr, Fräulein! – Ich kenne das Blut!«

Madame Späckbom hatte Floh vermißt, so daß sie in dem halben Jahr beinahe alt geworden war; Reue hatte sie vielleicht auch empfunden; aber sie war aus einem viel zu harten Holz geschnitzt, um es jetzt zuzugeben.

Indessen erzählte Fräulein Falbe, ohne sich von den Hängelocken abschrecken zu lassen, wie es Else in der letzten Zeit ergangen wäre; sie hatte sie, so gut es ging, im Auge behalten.

Floh hatte vom Frühling an mit dem jungen Burschen aus der Ziegelei zusammengelebt, teils da draußen, teils in einem berüchtigten Logierhaus unten in der Stadt.

Aber er war faul, und dazu trank er unaufhörlich, wenn er in der Stadt war. Darum hatte Else viel Ungemach erlitten, und was schlimmer war: Sie hatte sich in der kurzen Zeit so verändert, daß sie, wenn Fräulein Falbe sie besuchte und ihr zu helfen und sie anzuleiten versuchte, trotzig lachte und meinte, sie würde schon selbst für sich sorgen.

»Ja, ja, da sehen Sie es, so ist sie«, murmelte die Madame.

Jetzt war Else krank. Und gestern abend, als Fräulein Falbe sie allein fand – Svend hatte sich mehrere Tage lang nicht gezeigt –, da war es vorbei mit ihrem Trotz, sie weinte und war so kleinlaut und reumütig.

Fräulein Falbe erzählte so lange von Else, bis die Madame auftaute; und am Abend wurde Floh geholt und bekam ihr altes Bett in der kleinen Kammer, wo die Morgensonne hineinschien.

Am Anfang wagte Else nicht, der Madame in die Augen zu sehen. Aber als sie sich wieder an die alte Umgebung gewöhnt hatte und besonders, als es überstanden war und sie ein kleines, jämmerliches, totes Mädchen zur Welt gebracht hatte, begann das alte, vertrauliche Verhältnis zwischen ihnen sich wieder einzustellen.

»Aber«, schloß Madame Späckbom, als sie ein langes Gespräch über die Vergangenheit geführt hatten, »wenn du jetzt noch Dummheiten machst oder wegläufst oder wenn du nur ein einziges Mal zu Puppen-Lene hinaufgehst, so ist alles aus zwischen uns beiden, aus für immer.«

Else fühlte sich ganz sicher, daß sich etwas Derartiges nicht wieder ereignen würde, dazu war es ihr viel zu schlecht ergangen.

Und jetzt hatte sie es so herrlich.

Was Svend anlangte, so hatte die Madame selbst versprochen, daß sie, wenn er ordentlich sein und arbeiten wollte, ihnen schon dazu verhelfen würde, zu heiraten.

Und hieran dachte Else, während sie dalag; und als ihre Kräfte bei dem guten Essen und der Pflege wieder zunahmen, begann sie, in ihrer alten Weise zu träumen.

Aber sie waren jetzt ganz anders, die Träume, als damals, als sie in ihrem Mädchenbett hier lag und nicht recht wußte, wovon sie eigentlich träumte.

Jetzt gab sie die Pferde und die Schwanendaunen auf und wünschte sich ein kleines Haus dicht bei der Ziegelei für Svend und sich selbst und einen großen Rosenbusch davor mit solchen Rosen wie im Garten des Küsters; – oh, wenn sie an die Rosen des Küsters dachte! – Sie erinnerte sich noch so genau an den Duft, daß sie ihn beinahe zu riechen glaubte.

Sie war zu jung und leichtlebig, um lange darüber zu trauern, daß das Kind tot war, und als sie wieder aufgestanden war und anfing, herumzugehen, fühlte sie sich so glücklich, wie sie sich seit langem nicht gefühlt hatte. Auch ihre Schönheit kehrte zurück; die Augen wurden wieder glänzend und die Figur etwas runder.

Eines Abends, als die Madame zu Hausbesuchen gegangen war, kam Svend.

Else erschrak sehr, denn die Madame hatte ihr ausdrücklich verboten, ihn zu empfangen, sie wollte erst selbst mit Svend reden.

Aber sie konnte ihn ja nicht wegjagen; er ließ sich auch nicht wegjagen; es war so lange her, seitdem sie sich gesehen hatten. Floh beruhigte sich damit, daß sie es der Madame erzählen würde, wenn sie nach Hause käme, mochte daraus werden, was wollte.

Sie tat es nicht. Im entscheidenden Augenblick verlor sie den Mut; und Svend fuhr fort, sie ein paarmal die Woche zu besuchen – meist Sonnabend abends.

Ob Madame Späckbom etwas ahnte, daraus konnte Else nicht klug werden; aber es quälte sie; trotzdem traute sie sich nicht, es ihr selbst zu sagen. Es wurde auch mit jedem Tag schwieriger, und schließlich hatte sie nicht die geringste Lust, offen mit der Madame zu reden.

Es gab so viel Sonnenschein im Juli und August, und es kam so wenig davon in Madame Späckboms enge Straße. Floh saß am Fenster und sah zum Himmel hinauf, und sie dachte lange an Svend und an die Ziegelei und an all die glänzenden Perlen, die vom Wasserrad in die Höhe sprangen – und an die Rosen des Küsters –, sie atmete schwer, was hätte sie nicht für eine solche Rose gegeben!

Am nächsten Sonnabend brachte Svend ihr eine mit. »Sie hingen zu Dutzenden da«, sagte er; »man merkte den Geruch schon draußen auf der Straße, und sie hingen über den Zaun, so daß man nicht darüber zu klettern brauchte.«

Als er wieder gehen mußte – es war um halb neun –, damit die Madame sie nicht überraschen konnte, wollte Else ihn bis an die Ecke begleiten. Die Rose hielt sie in der Hand; sie war beinahe verwelkt, und er lockte sie, daß sie mit ihm hinausgehen und recht viele pflücken sollte.

Sie wollte nicht; sie erklärte ihm zum zwanzigstenmal, wieviel klüger es wäre, daß sie so lange als möglich bei der Madame bliebe, dann könnten sie eher daran denken, im Herbst zu heiraten.

Svend hörte ihr geduldig zu, und so kamen sie von Ecke zu Ecke bis auf die Anhöhe, die hinter der Stadt lag. Nachdem sie so weit gekommen waren, legte er seinen Arm um sie und sagte: »Sei jetzt nicht dumm, Else! Was willst du da unten in dem schwarzen Krankenhaus! Sieh, wie frisch und schön es hier ist.«

Er war wieder von der Sonne gebräunt. Das warme Zigeunerblut stieg ihm in die Wangen, und die Zähne glänzten im Halbdunkel. Sie konnte ihm unmöglich widerstehen, wie er da so mutig und reisefertig vor ihr stand – glücklich und unbesonnen lief sie in der stillen, schönen Sommernacht mit ihm davon.

»Ich sagte es Ihnen im voraus, Fräulein Falbe!« rief Madame Späckbom halb bitter, halb triumphierend; »sie bleibt hier«, sagte ich, »bis sie gesund ist, dann läuft sie davon. Denn ich kenne das Blut, und außerdem höre ich jetzt, daß der Bursche von den Zigeunern abstammt; hätte ich das nur gewußt, so hätte er sie nie an jenem unseligen Abend begleiten dürfen.«

»Es könnte doch sein, daß sie zurückkommt«, wandte Fräulein Falbe ein.

»Ja, das mag sie nur versuchen!« rief Madame drohend.

»Aber Madame Späckbom! Sie wollen doch nicht ganz die Hand von ihr abziehen?«

»Doch, bei Gott, das will ich, Fräulein Falbe! So wahr ich Karoline Späckbom heiße! Es wäre eine Sünde und eine Schande, so einer Person zu helfen, die gar keine Hilfe haben will; es gibt wahrhaftig genug, die sie nötig haben.«

»Ja, aber die, die keine Hilfe haben wollen, brauchen sie gerade am nötigsten.«

»Entschuldigen Sie, Fräulein Falbe, das ist doch Unsinn; eigentlich sind Sie viel zu klug und gelehrt – gerade wie Doktor Bentzen ... Das heißt, Sie sind ja zehntausendmal besser – in jeder Hinsicht –, man kann sie gar nicht vergleichen«, fügte die Madame hinzu, ganz entsetzt darüber, daß sie aus Versehen das vortreffliche Fräulein Falbe mit etwas so Abscheulichem wie Doktor Bentzen verglichen hatte. –

Es wurde ein harter Winter für die armen Leute. Sie mußten an eine der wohltätigen Damen herankommen, die von den verschiedenen Vereinen Hilfe brachten. Und die Hilfe kam für viele, und sie bewirkte Gutes, wenn die Bedürftigen sie erhielten.

Es gab jedoch auch Personen, denen es nicht glückte, Hilfe zu erlangen und viele, zu denen die Hilfe nicht hinabsteigen wollte. Dort, wo das Laster sich mit dem Elend vereinigt hatte, konnte Hilfe eher zum Fluch werden, und es war Sünde, das Brot den würdigen Armen wegzunehmen, die mit Tränen und Segenswünschen sich bedankten.

Floh bekam keine Hilfe mehr; alle wurden ihrer allmählich überdrüssig. Als sie und Svend im Spätherbst von der Ziegelei in die Stadt zogen, lebten sie eine Woche lang flott von den Überresten seines Sommerverdienstes; aber als es damit vorbei war, hatten sie gar nichts mehr.

Denn was Madame Späckbom einmal gesagt hatte, daß Else und Svend zueinander paßten, das erwies sich als nur zu wahr. Sie waren beide gleich leichtsinnig, beide dafür geschaffen, gut zu leben, und beide unfähig, etwas zu verdienen.

Svend war in dieser Hinsicht besser; aber er vertrank sein Geld gleich wieder.

Floh dagegen schlug sich eine Weile damit durch, daß sie eine der wohltätigen Damen nach der anderen zum besten hielt. Doch als dies ein Ende nahm, war sie in der ganzen Stadt so berüchtigt, daß sie keinen Ort mehr wußte, wohin sie sich wenden konnte.

Dann verließ sie Svend und ging mit einem anderen, der gerade ein paar Groschen in der Tasche hatte; kam zu ihm zurück und verschwand wieder, so daß niemand recht wußte, wo sie sich aufhielt.

Fräulein Falbe hatte sie aus den Augen verloren. In Herrengesellschaften pflegte der Polizeimeister Floh jedoch als ein Beispiel dafür anzuführen, wie ungeheuer schnell Frauenzimmer aus dem einfachen Volk vor die Hunde gehen, wenn sie erst auf Abwege geraten sind. Und die Herren starrten melancholisch in ihr Champagnerglas und wunderten sich darüber, wie gering die moralische Kraft bei den niederen Klassen sei.

Else dachte und träumte nicht mehr; sie empfand weder Scham noch Reue. Von Tag zu Tag focht sie sich durchs Elend durch, lachte, wenn es hoch herging mit Fröhlichkeit und Gelagen und trieb sich in der Stadt herum, wenn sie in Not war. Schließlich sank sie zu einer Art Kellnerin in einer Kneipe unten am Hafen herab, wo sie mit fremden Matrosen Bier trank.

VI

Der Vormittag des Heiligabends war ein anstrengender Tag für die ganze Stadt und nicht am wenigsten für die guten Damen, die Weihnachtsgeschenke an die Armen verteilten.

Fräulein Falbe pflegte zu Weihnachten nicht so sehr beschäftigt zu sein; denn eigenwillig und querköpfig, wie sie in allen Dingen war, hob sie das Wenige, was sie hatte, bis nach Weihnachten auf. Aber heute war sie trotzdem seit dem frühen Morgen unterwegs.

Sie durchsuchte die Stadt – kreuz und quer; sie hatte sich nämlich in den Kopf gesetzt, Else zu finden.

Es war über einen Monat her, daß das Fräulein sie gesehen hatte; aber heute, wo alle froh waren und es sich gutgehen ließen, kam ihr die arme Else nicht aus dem Sinn, und sie suchte überall, in allen Winkeln und Schlupflöchern der Armen nach ihr.

Erst am Nachmittag, als sie die Hoffnung beinahe aufgegeben hatte, traf sie Floh plötzlich an einer Straßenecke.

Fräulein Falbe hatte oft gesehen, wie schnell Schönheit, Jugend und Anmut denen abhanden kommen, die Flohs Weg einschlugen; aber niemals hatte sie etwas Derartiges gesehen.

Doch sie war nicht der Mensch, der sich aus der Fassung bringen ließ. Mit einem festen Griff faßte sie Flohs Arme, als sie weglaufen wollte, und sagte ruhig, als ob gar nichts geschehen wäre: »Guten Abend, Else, es ist nett, daß ich dich treffe. Willst du nicht heute abend zu uns kommen und mit uns die Weihnachtsgrütze essen?«

Floh sah auf. Einen Augenblick flammten Trotz und Frechheit in den großen, glänzenden Augen auf: Aber auf einmal brach sie zusammen und ging schluchzend einige Schritte, indem sie sich auf Fräulein Falbe stützte.

Else hatte ein braunkariertes Tuch um und nichts auf dem Kopf. Ihr Gesicht war mager und grau geworden, und wie sie so gebückt ging und weinte, war ihr Nacken ganz dürr und eingeschrumpft; niemand konnte ahnen, daß sie noch nicht einmal zwanzig Jahre alt war. Nichts war von ihr übriggeblieben als die Augen – die großen, glänzenden Augen, die immer größer wurden, je mehr das Gesicht jede Rundung verlor.

Sie konnte nicht antworten; sie versuchte es nicht einmal; und Fräulein Falbe fuhr, ohne eine Antwort abzuwarten, fort: »Ich sagte Christian, als ich ausging, daß ich dich mit nach Hause nehmen wollte, wenn ich dich träfe. Um sechs komme ich nach Hause; ich will nur noch einmal nach der Mühle zu einer kranken Frau. Dann wollen wir Tee trinken und die Weihnachtsgrütze essen. Du kannst ruhig bei uns übernachten; ich werde dir das Sofa in der Wohnstube herrichten.«

Else drückte ihre Hand. Sie standen hinter einer hohen Steintreppe, wo es ganz dunkel war, und Fräulein Falbe umarmte sie und sagte: »Du mußt mir sicher versprechen, daß du kommen wirst, Else!«

»Ja, Fräulein, ich werde kommen«, antwortete Else mit fester Stimme und blickte zu ihr auf.

»Ich danke dir, du bist ein gutes Mädchen«, rief Fräulein Falbe zufrieden; »du solltest dich gleich auf den Weg zu mir machen. Es ist schon nach fünf Uhr; ich höre die Kirchenglocken läuten; dann komme ich gleich nach. Christian ist zu Hause, es ist schön warm; sag ihm, daß ich gleich komme.«

Damit eilte sie fort; sie war so glücklich, daß sie beinahe lief.

Floh ging langsam in die Stadt, indem sie sich möglichst im Schatten der Häuser hielt. Um zur Arche zu gelangen, mußte sie durch den feineren Teil der Stadt gehen, in dem die Laternen dichter standen und die Läden an diesem Abend so hell glänzten, wie sie nur konnten.

Darum machte sie einen Umweg durch den Park und kam dicht an der Kirche vorbei. Eine der Seitentüren stand offen; eine seltsame Lust überkam sie, dort hineinzuschlüpfen. Sie setzte sich auf eine Bank an einem der mächtigen Pfeiler.

Zuerst war sie wie betäubt von dem lauten Klang der Glocken, die im Turm läuteten. Nachdem sie sich an den Klang gewöhnt hatte, kam es ihr vor, als ob sie sich darin ausruhte und von dem großen, mächtigen Klang, der in den Gewölben hin und her wogte, getragen würde.

Vorn bei der Kanzel lagen ein paar Scheuerfrauen; sie hatten Lichter auf dem Fußboden stehen, die sie immer mit sich nahmen, wenn sie weiterrückten – und oben im Chor stand eine Laterne, die die Leute, die mit der Heizung zu tun hatten, abgestellt hatten.

Floh war seit langer Zeit nicht in der Kirche gewesen, und es berührte sie seltsam, die heilige Stätte mit dieser geringen Beleuchtung und diesem festlichen Klang der läutenden Glocken wiederzusehen.

Vor einer Stunde hatte sie keinen anderen Gedanken gehabt, als sich etwas zu essen – oder noch besser: etwas zu trinken zu verschaffen. Denn sie hatte mehrere Wochen lang gehungert, wie die hungern, die ein wenig Brot oder gesalzenen Fisch essen, wenn es sich so trifft, und im übrigen sich durch Bier und Branntwein am Leben erhalten.

Heute hatte sie überhaupt nichts zu essen gehabt; aber das war jetzt vergessen, das war eigentlich nach den ersten Worten, die Fräulein Falbe sprach, vergessen.

Daß es noch einen Menschen gab, der so mit ihr reden wollte!

Es war ein Licht in die Nacht der Erniedrigung gekommen, in der sie so lange herumgeirrt war. Die Gedanken aus ihren guten Tagen, die sie sonst fürchtete und mit Alkohol betäubte, kamen wieder, ohne ihr wehzutun. Sie konnte tatsächlich in der halbdunklen Kirche sitzen und an ihre kleine Kammer bei Madame Späckbom denken. Denn Fräulein Falbe hatte das Schlimmste ihrer Schande weggewischt; sie kam sich von oben bis unten reingewaschen vor – und zwischendurch freute sie sich auf die Grütze.

Die Glocken, die eine Zeitlang gedämpft und hoch oben geläutet hatten, erfüllten plötzlich mit großen, kräftigen Schlägen die Kirche, so daß es ihr in den Ohren dröhnte. Eine der Scheuerfrauen schob im selben Augenblick ihr Licht weiter, so daß all die geschnitzten Köpfe an der Kanzel zum Vorschein kamen.

Else starrte sie an und folgte dem schwachen Licht bis in den letzten Winkel der Kirche, die hohen Bogen hinauf, wo neue Köpfe zwischen den steinernen Blumen und Ranken undeutlich sichtbar wurden.

Und schließlich schien ihr der klare Glockenklang von der Kanzel zu kommen, die hell beleuchtet war wie damals, als sie zitternd neben Madame Späckbom saß, während der Pastor gegen die Sünder donnerte und harte Worte von der Hölle und der Verdammnis auf ihr Haupt brausen ließ. Und jetzt hatten alle diese harten Worte sich hier und da zwischen den kleinen Blumen verborgen und steckten die Köpfe hervor, um zu sehen, ob sie da sei.

Im Chor stieg ein Mann aus einer Öffnung im Fußboden empor, nahm die Laterne und näherte sich. Sein Schatten fuhr die weiße Wand hinauf wie ein langer schwarzer Teufel, der kam, um sie zu holen. Sie sah ihn näherkommen; die Angst lähmte ihre Füße, sie konnte sich nicht von der Bank erheben – sie war festgebunden; – sie war eingeschlossen –, sie war allein in der Kirche eingeschlossen; und dort kam er, die Laterne schwankte hin und her, die Glocken brüllten ihr gerade ins Ohr; halb wahnsinnig fuhr sie mit einem Schrei in die Höhe und lief, er war ihr dicht auf den Fersen; tausend Köpfe und spitze Finger zeigten auf sie: Da ist sie, da – da –, sie warf sich gegen die Tür, sie war offen, sie war draußen, sie war gerettet, wie ihr schien – gerettet aus den Krallen des Bösen.

Es war nach der Meinung aller Leute ein echtes Weihnachtswetter: sternenhell, Neuschnee und gerade so kalt, daß man sich im Pelz wohl fühlte.

Else eilte zur Arche. Es war Licht oben bei Falbes; aber sie hatte den Schrecken aus der Kirche noch nicht verwunden und wagte nicht, gleich hinaufzugehen.

Statt dessen schlich sie sich hinein in Madame Späckboms Hof, den sie so gut kannte. Ein Talglicht stand auf der Küchenbank und brannte; Floh guckte hinein; aber es war niemand da. Sie bekam eine unwiderstehliche Lust, hineinzugehen; weder die Madame noch das Dienstmädchen schienen zu Hause zu sein. Sie konnte von früher her die Türklinke auf eine besondere Art heben, so daß man nichts hörte.

Alles war wie früher; sie kannte jeden Gegenstand und den Geruch in der Küche. Es stand ein Teller mit Butterbroten auf der Bank. Floh war ungeheuer hungrig, aber sie rührte nichts an; jetzt sollte sie ja gleich Essen auf ehrliche Weise bekommen.

Aber um nicht in Versuchung zu kommen, öffnete sie vorsichtig die Tür zur Stube; da war auch niemand.

Die Laterne draußen an der Straßenecke stand gerade vor einem der Fenster, so daß die Stube im Winter immer halb beleuchtet war, und Else sah, daß auf dem Tisch drei oder vier große Pakete lagen. Floh war so vertraut mit den Sitten des Hauses, daß sie verstand, daß es Kleider und Essen waren, die Madame Späckbom am Heiligabend an ihre Armen verteilen wollte.

Als sie halb neugierig, halb gedankenlos jedes Paket befühlte, warf sie aus Versehen etwas auf den Boden.

Sie hob es auf und sah es sich bei der Gasbeleuchtung an. Else kannte das kleine, weiche Ding: Es war ihre eigene Kindermütze, die kleine braune Mütze mit den rosaroten Bändern, die aus dem unverwüstlichen Flohmantel genäht worden war. Sie konnte sich kaum noch an die Zeit erinnern, in der sie selbst die Mütze getragen hatte; aber sie hatte sie viele Male in Madame Späckboms Kasten gesehen, und jedesmal sagte die Madame, sie sollte sie für ihr erstes Kind haben.

Jetzt hatte man sie also ganz aufgegeben; ihre Mütze – das einzige, was sie auf der Welt besaß, sollte an andere gegeben werden.

Sie drückte die Mütze an ihr Gesicht; aber als sie den alten, wohlbekannten Geruch aus Madame Späckboms Kästen einatmete, brach sie in Tränen aus.

So stand sie eine Weile da und weinte über ihre Kindermütze, während ihr der Mut immer tiefer und tiefer sank, bis sie jemand draußen auf dem Gang hörte; da steckte sie die Mütze in die Tasche und schlich sich den Weg hinaus, den sie gekommen war.

Es mußte schon nach sechs Uhr gewesen sein; Fräulein Falbe wartete sicher. Floh zwang sich dazu, zur Haustür hinein und die Treppe hinaufzugehen. Aber an Falbes Tür blieb sie stehen und lauschte. Christian ging auf und ab, wie er es zu tun pflegte; durch das Schlüsselloch konnte sie nur seinen Schatten an der Wand kommen und gehen sehen. Es war klar, daß das Fräulein noch nicht nach Hause gekommen war.

Floh fühlte, daß es ihr unmöglich war, zu ihm allein hineinzugehen, sie wollte lieber draußen warten, bis das Fräulein kam.

Doch einmal glaubte sie, daß er sich der Tür näherte; erschreckt flüchtete sie sich einige Stufen die Bodentreppe hinauf; und während sie dastand und lauschte, ob er herauskäme, hörte sie von oben einige Töne, die sie früher nie gehört hatte.

Es war weder die Trommel noch die Flöte, auch nicht das Klavier, sondern es waren lange, klagende Töne, weich und geheimnisvoll – als ob sie alle ihr Elend kannten und kämen, um sie zu trösten.

Als sie vorsichtig die Tür zu Schirrmeisters Kammer öffnete, sah sie den alten Musikanten aufrecht vor der Lampe stehen; er spielte Violine.

Das Licht fiel gerade auf sein kleines, runzliges Gesicht; aber die feuchten Augen mit den hängenden Lidern hatten einen eigenen Glanz, und mit einer feierlichen Verbeugung begrüßte er Else.

Er hatte seinen alten Rücken aufgerichtet, und während der Arm den Bogen mit altmodischer, steifer Eleganz führte, beugte er den kleinen Kopf, der kahl wie ein Rettich war, lauschend über die Violine.

Er hatte wohl Jahr und Tag sein Lieblingsinstrument nicht mehr gespielt. Heute abend war es so seltsam über ihn gekommen; er holte die Violine hervor, flickte die Saiten einigermaßen zusammen, und dann spielte er seine Jugend, seine Träume, seine kleinen Triumphe und seine große Niederlage. Er spielte Prume und Rode und schließlich das Adagio von Spohr, das ihm den Beifall des Meisters eingebracht hatte, und er spielte absolut fehlerfrei – rein und korrekt, wie es der Meister haben wollte.

Das war nicht mehr der verhungerte Notenschreiber und der dem Trunk ergebene Musikant. Mit zurückgeworfenem Kopf, die Augen weit offen, stand er da beim Schein der verrauchten Petroleumlampe, und während er spielte, wurde die Dachkammer zu einem gewölbten Saal mit Hunderten von Lichtern und Reihen von atemlos lauschenden Damen und Herren. Das Elend fiel von ihm ab, und nur der Künstler blieb übrig; und der halberloschene Funken in seiner Seele schlug empor zu einer herrlichen Flamme, als habe die Musik ihm vergeben – die Musik, die er geliebt und verraten hatte; – und schließlich käme der große Meister, legte ihm die Hand auf den Kopf und sagte: ›Er wird es weit bringen‹.

Mit dem Instrument unter dem Arm und gesenktem Bogen verbeugte sich Anton Schirrmeister in seiner Kammer. Anschließend legte er eilig die Violine in den Kasten, schlug den Deckel zu und warf sich auf einen Stuhl, die Hände vor den Augen. Als er wenige Minuten später aufblickte, saß Floh direkt vor ihm auf der Truhe an der Tür. Sie hielt auch die Hände vor die Augen.

Und das alte Wrack schaute auf das junge Wrack und schüttelte den Kopf.

Man hörte leise Schritte auf der Treppe und draußen auf dem Boden, als ob viele Menschen sich bemühten, leise zu gehen. Puppen-Lene guckte herein, darauf trat sie beiseite, um den anderen Platz zu machen.

Es war die ganze Bande; sie hatte sie an verschiedenen Stellen aufgelesen. Sie waren mitgegangen in der Hoffnung, daß sie etwas für sie hätte; es herrschte darum eine aufgeräumte Stimmung.

Floh wollte sich hinausschleichen; aber jemand packte sie am Arm. Es war Svend.

Sie hatten sich mehrere Wochen nicht gesehen, und als sie sich trennten, hatten sie sich gezankt. Aber in der Stimmung, in der Else sich befand, wurde sie weich bei seinem Anblick – so häßlich und heruntergekommen er auch aussah.

Das merkte Svend und setzte sich zu ihr auf die Truhe und fing an, sich zu beklagen und zu jammern und Besserung und alles mögliche zu versprechen, wenn sie nur zu ihm zurückkehren wolle.

Else blieb sitzen und lauschte halb in Gedanken der vertrauten Stimme und den bekannten Versprechungen. Aber auf einmal entstand Lärm drüben am Tisch; der Klempner fuhr in die Höhe und fluchte, und alle blickten auf Puppen-Lene mehr oder weniger böse, je nachdem sie sich‘s getrauten.

Sie war nämlich weit davon entfernt, die anderen bewirten zu wollen; vielmehr hatte sie sie aufgesucht, um von ihnen etwas zu bekommen, womit sie Weihnachten feiern könnte, – sie hatte wahrhaftig oft genug mit ihnen geteilt.

Sie wandte ihr großes, grobes Gesicht den Männern zu und sagte höhnisch: »Ihr seid ja feine Kerle! Nicht einmal eine Flasche Bier am heiligen Weihnachtsabend. Pfui, schämt euch!«

Sie saßen beschämt da. Der Klempner murmelte etwas von den schlechten Zeiten, Jørgen Tambour sah zur Decke hinauf, und sogar der Ölk ließ die Unterlippe hängen, er wagte es nicht, unter so ernsten Verhältnissen den Boten zu erwähnen, ›den er gerade fortgeschickt habe‹.

Nur der Mann mit den vielen Gesichtern behielt sein Lächeln. Er saß dicht neben Puppen-Lene und kaute Rosinen und Mandeln und warf die Schalen auf den Tisch.

Jetzt kannte Floh ihn besser als damals, als er sie mit seinen Grimassen erschreckte. An den verschiedensten Stellen hatte sie ihn gesehen; er kam und verschwand, und niemand schien ihn zu bemerken. Aber sie wußte, daß er aus dem Zuchthaus von Akershus entlaufen war und daß er jetzt seit mehr als zwei Jahren draußen war, ohne daß die Polizei ihn finden konnte. Sie nannten ihn den Mechaniker, weil er sich so gut auf Schlösser verstand.

Er nickte Puppen-Lene vertraulich zu und sagte: »Ja, da hast du recht. Leute, die zwei gesunde Arme und Augen zum Sehen haben und sich trotzdem an einem solchen Tag nicht, was sie wollen, verschaffen können – von diesen Leuten halte ich nicht viel.«

»Was hast denn du?« fragte der Klempner.

»Oh, ich pflege nie viel mit mir herumzutragen«, antwortete der Mechaniker gleichgültig, »aber ich bin doch zumindest satt; und jetzt mache ichs wie die Feinen – ich esse Leckereien nach dem Essen.«

Damit warf er freigebig eine Handvoll Rosinen und Mandeln auf den Tisch. Ein junger Mensch, der sich vor kurzem der Bande angeschlossen hatte, war so galant,

Floh, die noch immer auf der Truhe an der Tür saß, einige davon zu reichen.

Der süße Geschmack reizte sie, hungrig wie sie war. Sie beugte sich vor, um zu sehen, ob nicht noch mehr da seien! Aber die anderen hatten sie genommen; es waren übrigens nur zwei oder drei für jeden, gerade so viel, daß man auf den Geschmack kommen konnte.

Der Klempner murmelte etwas davon, daß sich nicht alle so gut auf die Mechanik verstünden.

»Das ist auch nicht nötig«, antwortete der andere, indem er geschickt mehrere Rosinen Else in den Schoß warf; »da wo ich herkomme, kannst du mit einem Kaffeesack auf dem Rücken ein und aus gehen.«

Aller Augen richteten sich jetzt auf den Mechaniker; und sie brannten alle darauf, mehr zu erfahren. Sie wußten wohl, daß er ein gefährlicher Mann sei und daß er gefährliche Wege ginge; darum getraute sich niemand, der erste zu sein, sich ihm anzuschließen.

»Wo war es?« wurde auf einmal gefragt.

Es war Floh, die fragte. Sie meinte nichts damit: Es war nur Neugier; die Rosinen waren so süß, und es war so lange her, seitdem sie solche Dinge bekommen hatte.

Der Mann mit den vielen Gesichtern, der bisher seine Augen von einem zum anderen wandern ließ, wandte sich jetzt an Else, indem er hin und wieder einige Rosinen oder Mandeln zu ihr oder auf den Tisch warf. Hier wurden sie gleich von eifrigen Händen weggerafft: Alle wollten sie mehr von dem süßen Zeug haben, das nur reizte, ohne zu sättigen.

»Willst du wissen, wo es ist?« fragte der Mechaniker heiter, »ja, das kostet nichts, mein Kind! Es ist drüben an der Ecke, gerade vor Konsul Withs Haus bei Ellingsen & Larsen. Der ganze Laden ist vollgestopft mit Menschen; sie kaufen, als ob sie verrückt wären. Daß sie sich nicht zu Tode fressen – die Reichen – an einem solchen Abend, das begreife ich nicht. Da gibt es Zucker und Sirup und Butter und Reis –, du große Güte, was es da für

Reis gibt; und feine dänische Butter und Käse – gelber, fetter Käse, der glänzt, wenn du hineinschneidest.«

Alle beugten sich zu ihm vor und starrten ihn an, als wollten sie seine Worte verschlingen, und Floh rückte ganz nahe zu ihm hin. Das Wasser lief ihr im Mund zusammen, und es kam ihr vor, als röche sie den fetten, gelben Käse, der glänzte, wenn man hineinschnitt.

»Und da gibt es Mettwurst und Schinken und Bier und Wein – hundert Flaschen süßen, starken Wein; und da kannst du von allem so viel bekommen, wie du willst, wenn du nur – Geld hast.«

»Oh verdammt!« rief der Klempner bei den letzten Worten, und es entstand ein allgemeines Gemurmel der Enttäuschung und der Unzufriedenheit; aber der Mechaniker tat so, als merkte er nichts und fuhr lächelnd und überlegen fort, während seine schnellen Augen von einem zum anderen gingen, als richtete er seine Worte bald an den, bald an jenen.

»Aber wenn du kein Geld hast, so gehst du nicht in den Laden, was hättest du da zu suchen? – Es gibt einen anderen Weg, der viel leichter ist; da ist es nicht schwierig, sich vorwärts zu drängen; denn da ist kein Mensch. Sondern sie sind nur so gut gewesen, eine Laterne hinunterzustellen, damit du sehen kannst, was du haben willst.«

»Wo – wo?« ertönte es jetzt ungeduldig. Diesmal war es Svend, dessen schwarze Zigeuneraugen vor Eifer glänzten.

»Du kennst die Gasse hinter Madame Ellingsens Haus; es gibt keine Laterne bis zur Ecke an der Bank; mitten in der Gasse ist die Tür zum Keller des Ladens.«

»Ist sie offen?« fragte der Klempner.

»Das muß sie wohl sein. Denn wie ich nur das Schloß anrührte, sprang die Tür von selbst auf«, antwortete der Mechaniker lustig und machte einige schnelle Bewegungen mit der Hand.

Sie sahen ihn voll Bewunderung an, und der Ölk flüsterte Jørgen Tambour beruhigend zu: »Also kann von Einbruch keine Rede sein.«

»Aber da unten im Keller, da gibt es, meiner Treu, einen Überfluß. Da stehen Reihen von Zuckerhüten; Schinken und Würste hängen zu Dutzenden da und Kaffeesäcke, die man kaum heben kann. Wenn du ein Loch in den Sack schneidest und etwas herausfallen läßt, so wird es gerade das richtige Maß. Oben im Laden machen sie einen Lärm, so daß sie nichts hören würden, wenn wir unten hurra riefen; und die Laterne steht auf der obersten Stufe der Kellertreppe, weil der Junge ab und zu kommt, um etwas zu holen. Es gibt auch Wein in Massen, – ich nahm etwas mit, das ich nicht austrinken mochte, es ist mir zu süß – koste einmal!« Er hielt Else die Flasche hin.

Sie trank einen Schluck; dann nahm er sie ihr wieder weg; jeder sollte etwas haben. Und sie bekamen alle eine kleine Probe von dem süßen, starken Likör; und nachdem die Flasche herumgegangen war, leerte Floh die letzten Tropfen.

Das fuhr ihr wie Feuer durch den Körper; der starke Geschmack entflammte ihre Begierden; sie leckte sich den Mund, und ihr rasender Hunger schien die anderen anzustecken. Es kam eine fieberhafte Unruhe über sie, der junge Mann setzte seinen Hut auf, um zu zeigen, daß er bereit sei, und schließlich sagte Svend halb in die Luft: »Wenn jemand, der sich auskennt, den Weg zeigen würde, so –«

Der Mechaniker wechselte einen schnellen Blick mit Puppen-Lene. »Wenn etwas Ordentliches herauskommen soll, so müssen viele dabei sein«, sagte er halblaut und blickte Else an.

»Wir sind dabei«, rief sie eifrig und zog Svend vor.

»Ja, das versteht sich von selbst; wir machen alle mit, wenn der Mechaniker den Weg zeigen will«, sagte der Klempner entschlossen und stand auf.

Der Mann mit den vielen Gesichtern war nun wieder ein ganz anderer geworden. Mit wenig bestimmten Worten gab er einem jeden seine Anweisungen: Der Ölk, Jørgen Tambour und der junge Mann sollten nur in den Straßen Wache halten; dasselbe sollte nach seiner Anweisung auch Floh tun; aber Puppen-Lehne meinte, daß Elses Tuch sich gut dazu eigne, darunter etwas zu verstecken. Es wurde deshalb beschlossen, daß sie mit den anderen in dem Winkel in der Gasse so schnell als möglich zusammentreffen sollte, solange das Geschäft oben im Laden noch voll im Gange war.

Einzeln schlichen sie sich auf verschiedenen Wegen davon. Svend und Else gingen zusammen.

Als sie an Fräulein Falbes Tür vorbeikamen, drückte sie sich zwischen ihn und die Wand. Sie hatte kein schlechtes Gewissen, nur eine brennende Angst, aufgehalten zu werden.

Die Luft, die sie zwischen diesen Menschen eingeatmet hatte, das starke Getränk, von dem sie gekostet, hatte mit einem Schlag ihren wilden Trotz geweckt und sie zu dem gierigen und begehrlichen Tier gemacht, das mitten durch die Feinde und die Gefahren hindurch auf Raub gehen mußte. Lautlos und behende wie eine Katze zog sie Svend durch den dunkelsten Schatten mit sich fort.

Der alte Schirrmeister blieb allein zurück in seiner Unbrauchbarkeit und kaute an einer Mandelschale.

VII

Fröhliche Weihnachten!«

»Danke, gleichfalls!«

Alle Menschen riefen sich etwas zu, lachten und grüßten; mit dem Hut grüßen konnte niemand, dafür war man zu sehr mit Paketen beladen.

In den Delikatessengeschäften und in den Spielwarenläden standen zwei, ja drei Reihen hintereinander und langten aneinander vorbei, und die Verkäufer hinter dem Ladentisch rannten sich fast zu Tode.

Draußen auf der Straße stand eine ebenso dichte Kinderschar und blickte in die Fenster, obgleich gerade in den allerfeinsten Läden, in denen es am meisten zu sehen gab, die Scheiben von der Wärme drinnen so beschlagen waren, daß man durch die Streifen, die von den herunterrinnenden Tropfen, die gebildet wurden, hindurchsehen mußte, wenn man etwas sehen wollte.

Da stand ein Weihnachtsmann mit weißem Bart und hielt einen Weihnachtsbaum mit ganz kleinen, richtigen Lichtern. Es war das Allerschönste, was man sehen konnte; aber dann kam ein unangenehmes, halbwüchsiges Mädchen, das selbst im Laden gewesen war, und sagte, es wäre gar kein richtiger Schnee, mit dem der Mann bestreut war und was so hübsch auf dem Baum glitzerte, sondern nur weißer Streuzucker, das habe sie selbst geschmeckt.

Dadurch verlor der Weihnachtsmann für die meisten allen Reiz, und es entstand ein unnatürlicher Drang zu der zweiten Sehenswürdigkeit: einem Karussell, das sich ständig drehte. Hier standen die Kinder eng zusammengedrängt, so daß die Erwachsenen die ihrigen fast nicht losbekommen konnten; und doch mußten sie schnell nach Hause. Es läutete nicht mehr; die Uhr war schon nach sechs; sie sollten nach Hause und geputzt werden, und dann erst kam das Schönste von allem.

Aber konnte es in der Welt etwas Schöneres geben als zwischen diesen freundlichen Menschen herumzugehen, die alle ›Fröhliche Weihnachten!‹ riefen? Denn es gab nicht nur in den Fenstern etwas zu sehen; sondern auf einmal entstand ein Lärm, ein dicker Mann war hingefallen, denn es war so furchtbar glatt.

Und all die Pakete, die um ihn herumflogen! Ja, man konnte glauben, der Mann sei ein großer Spielzeugmann, der sich beim Hinfallen öffnete – zum Vorschein kamen jede Menge Päckchen, die jetzt herausfielen.

»Herrgott! – Sie Ärmster, darf ich Sie abbürsten?«

»Haben Sie sich wehgetan?«

»Oh, ein wenig«, antwortete der Dicke und rieb sich.

»Es ist gefährlich, nach rückwärts zu fallen«, sagte der eine.

»Besonders für starke Leute«, sagte der zweite.

»Sie können froh sein, daß Sie so gut davongekommen sind«, sagte der dritte.

»Ende gut, alles gut!« sagte der vierte, der der Witzigste war.

»Fröhliche Weihnachten«, sagten sie alle.

»Danke, gleichfalls«, antwortete der Dicke; und alle halfen ihm, die Pakete aufzusammeln. Alle Pakete waren unversehrt, mit Ausnahme derer, die er in der hinteren Rocktasche gehabt hatte; doch da konnte niemand helfen.

»Jetzt wollen wir nach Hause gehen!« sagten die großen Kinder und nahmen die kleinen bei der Hand.

Ja, natürlich wollten sie nach Hause gehen. Das war ja das allergrößte Vergnügen: der Weihnachtsbaum, die Geschenke, die Überraschungen; aber trotzdem: Diese Glückseligkeit mußte lange dauern. Es war so wundervoll, es so furchtbar hübsch zu haben und trotzdem das Allerschönste noch vor sich zu haben, daß man beinahe Angst haben konnte, zu dem aller-, allerschönsten überzugehen, denn dann würde es ja bald vorbei sein.

Zu Hause angekommen, wurden sie geputzt und gekämmt – mit ein wenig Wasser zur Feier des Tages. Die festliche Stimmung breitete sich aus. Die ungeheure Spannung, die sich in den wilden Träumen von Wochen, ja von Monaten angesammelt hatte, hatte jetzt ihren Höhepunkt erreicht, hatte sich dem Schlüsselloch genähert, das wie ein kleiner Stern von all den Lichtern glänzte, die gerade am Weihnachtsbaum angezündet wurden. Jetzt sollte nur die Tür geöffnet werden, die Tür sollte geöffnet werden, es gab nichts mehr, was sie von dem Großen, dem Wunderbaren trennte als diese Tür – diese Tür, die geöffnet werden sollte; – jemand näherte sich von innen, – es knarrte ein wenig im Schloß, – sie bewegte sich – die Tür! – die Tür bewegte sich – sie ging auf – ganz sperrangelweit ging die Tür auf! – Ah! –

Im Laden bei Ellingsen & Larsen ging es noch lebhaft zu; Kunden, die jetzt noch kamen, waren meist einfache Leute, die nötige und unnötige Einkäufe für Weihnachten machten. Hin und wieder wurde die schwere Falltür im Fußboden hinten im Laden geöffnet, und der jüngste Ladenjunge stieg hinunter, um neuen Vorrat von dem einen oder anderen zu holen.

Floh und die anderen waren gerade zur Kellertür hereingekommen, als die Luke geöffnet wurde; die anderen zogen sich eilig wieder zurück; doch Floh blieb, starr vor Schrecken, stehen.

Als sie die Beine des Jungen, der herunterstieg, sah, war sie geistesgegenwärtig genug, sich zwischen einige Mehlsäcke zu werfen.

Während sie so dalag – still, fast ohne zu atmen –, fühlte sie sich völlig vernichtet. Durch ihren Kopf jagte ihr ganzes Leben in schneidender Klarheit; alle Fehltritte und Versäumnisse ihres ganzen Lebens sah sie vor ihren Augen – bis jetzt, wo sie hier lag, bis aufs äußerste erniedrigt zwischen Dieben und Schurken – jetzt mußte sie sterben, sie fühlte es deutlich; leer und schwach, wie sie nach dem Hungern und den bösen Tagen war, hatte der Schrecken sie gelähmt, sie fiel in Ohnmacht.

Der Ladenjunge mußte sicher etwas an der Tür gesehen oder gehört haben; denn er sah die ganze Zeit dahin. Aber da er nicht sehr mutig war, stieg er wieder hinauf und machte die Luke zu.

Der Mechaniker rüttelte Else; sie blieb liegen.

»Dachte ich es mir doch!« murmelte er bösartig, »warum haben wir sie nur mitgenommen!«

Er stand einen Augenblick ratlos da; Svend und der Klempner kamen herein. Plötzlich nahm der Mechaniker eine Flasche von dem Brett, wo, wie er wußte, die Liköre standen, brach ihr mit einem geschickten Griff den Hals und goß Else einige Tropfen in den Mund.

Sie erwachte – verwirrt, überrascht; darauf ergriff sie die Flasche und trank wieder.

»Sieh da, nimm dir jetzt eine Herzstärkung; du sollst zwei Schinken für Puppen-Lehne in deinem Tuch haben«, damit fing der Mechaniker an, Svend und den Klempner zu beladen.

Was war es nur, was sie trank? Nie hatte sie etwas Ähnliches geschmeckt. Es war süß und stark wie der andere Likör, aber dies waren Rosen, – Rosen trank sie, die Rosen, die ihre Jugend begleitet hatten; die Rosen, die sie so lange entbehren mußten; – jetzt waren sie wieder zu ihr gekommen –, sie trank sie in langen, duftenden Zügen.

Wie warme Kleidung legte es sich um ihre verfrorenen Glieder; sie wurde mit einem Male gekräftigt und gesättigt und stand ganz auf, während ein warmer, angenehmer Strom sie durchrieselte. Eine unermeßliche Freude stieg in ihr auf; sie hatte keine Vorstellung davon, wo sie war, sie wußte von nichts; aber nicht der geringste Schatten lag auf der Freude, die sie empfand.

Jedesmal wenn sie trank, war es ihr, als versinke sie tiefer und tiefer in die warmen, duftenden Rosenblätter, bis sie über ihrem Kopf zusammenschlugen und sie unter hohen Gewölben geschaukelt wurde, unter hohen Gewölben, wo Rosen läuteten und die Musik in langen, rosenroten Tönen duftete, die ihr Elend kannten und kamen, um sie zu trösten.

Da wurde die Kellertür von außen aufgestoßen und der Ölk erschien bleich und atemlos. Der Ladenjunge mußte etwas gemerkt haben; denn man hatte nach der Polizei geschickt, und zwei Polizisten seien schon an Madame Ellingsens Ecke.

Der Mechaniker war mit einem Male verschwunden, als ob er in die Erde gesunken sei. Auch der Klempner lief fort mit dem, was er hatte; der Ölk folgte, und drüben an der Ecke bei der Laterne sah man noch die langen Beine von Jørgen Tambour verschwinden.

Svend wollte Else nicht allein lassen, die mit der geleerten Flasche in der Hand dastand; er zog sie mit sich bis zum Ausgang, der noch frei war.

Plötzlich blieb sie stehen und drückte die Hände heftig gegen ihre Brust. Svend sah sie an: Die Augen waren glänzender denn je, die Lippen waren rot von Blut – sie hatte sich am Flaschenhals geschnitten –, und die ganze Schönheit ihrer Jugend schien für einen Augenblick in das kleine, zarte Gesicht zurückgekehrt zu sein. Svend stand ganz versunken vor ihr; – so hinreißend war sie noch niemals gewesen.

Dann fing sie an zu lachen, erst ruhig und heiter – wie damals, als sie Freunde waren und es Ihnen gut ging –, dann lauter und lauter, bis es Flohs altes Lachen wurde, das treppauf und treppab laufen konnte und den Leuten bis ins Herz drang; aber immer wilder und wilder wurde ihr Lachen, so daß es ihm durch Mark und Bein ging.

Svend ergriff ihren Arm, um sie zum Schweigen zu bringen; da drückte sie wieder die Hände gegen die Brust, das Gesicht wurde grau, und mit einem langen, zitternden Seufzer entglitt sie seinen Armen und fiel auf das Gesicht in den Schnee.

Da kam schon ein Polizeidiener gelaufen, und Svend nahm Reißaus nach der entgegengesetzten Richtung. –

»Fröhliche Weihnachten!« sagte die Frau Polizeimeister.

»Danke, gleichfalls!« antwortete Frau Bentzen.

Die zwei Damen blieben unter den großen Laternen vor Konsul Withs Einfahrt stehen. Dort war eine Verbreiterung der Straße – fast wie ein kleiner Markt – zwischen dem Haus des Konsuls auf der einen Seite und Ellingsen & Larsen auf der anderen. Und da dies ein Verkehrsknotenpunkt der Stadt war, versammelten sich nach und nach immer mehr Damen dort, die mit ihren Einkäufen und Armenbescherungen fertig waren; – selbst Frau With, die eben aus der Stadt nach Hause kam, stieg aus ihrem Wagen und schloß sich der Gruppe an, um die üblichen Weihnachtswünsche auszutauschen und über den Tag zu reden.

Es waren nicht bloß Damen aus dem Verein für gefallene Frauen der Gemeinde Sankt Petri, sondern aus den verschiedensten Vereinen der Stadt; und das Gespräch war äußerst lebhaft – zum Teil etwas prahlerisch, ja sogar ein wenig boshaft, wenn es galt, den eigenen Verein zu verteidigen und hervorzuheben, wieviel er zum Verteilen gehabt habe. Aber die Grundstimmung war doch wohlwollend, man war fertig und hatte ein gutes Gewissen.

»Ja, Sie haben recht; es ist herrlich, fertig zu sein«, sagte jemand.

»Das war, meiner Treu, ein anstrengender Tag; ich glaubte nie, daß ich mein letztes Mieder loswerden würde; alle haben Mieder bekommen; es waren viel zuviel Mieder dies Jahr.«

»Aber jetzt wissen wir auch, daß wir etwas ausgerichtet haben«, erklärte Frau With.

»Sehen Sie, Fräulein Falbe da drüben, wie sie läuft«, sagte die Frau Polizeimeister.

»So macht sie es immer.«

»Daß sie nicht fertig werden kann, das begreife ich nicht; wenig hat sie, und das, was sie hat, gibt sie dem ersten besten.«

Frau With unterbrach sie mit ihrer gebieterischen Stimme: »Ich glaube, sie geht bei den Armen herum und redet Schlechtes über uns.«

Es gab viele, die das lange geglaubt hatten. Die Armen wollten nie viel antworten, wenn man sie nach Fräulein Falbe fragte.

Inzwischen hatte sich auch der Kaplan der Gruppe angeschlossen. Er lächelte mild und war heilig aufgeräumt zur Feier des Tages, und die Damen drängten sich um ihn, um ihm ein gesegnetes Weihnachtsfest zu wünschen:

»Fräulein Falbe ging gerade vorbei.«

»Nein, wenn ich bitten darf«, verbesserte die Frau Polizeimeister, »sie rannte vorbei. Es tat mir so leid, sie zu sehen; sie hatte gar nicht den richtigen Weihnachtsfrieden.«

»Ach, nein, liebe gnädige Frau«, antwortete der Kaplan still, »das glaube ich gern. Es kommt alles darauf an, in welchem Geist gearbeitet wird. Wenn unsere Arbeit nicht von dem rechten Geist getragen wird, so fehlt der Segen.«

»Ja, da hat der Herr Pastor völlig recht«, rief Frau Bentzen, »das ist gerade das Wundervolle an Weihnachten, daß man seine Pflicht erfüllt hat: mit den Armen geteilt hat. Heute kann niemand klagen, und das ist ein so herrliches Bewußtsein, wenn man es selbst gut hat.«

»Und es ist nicht weniger schön, den Dank und den Segen der Armen mit sich nach Hause zu nehmen«, fügte die Frau Polizeimeister sanft hinzu.

Der Kaplan blickte mit Bewunderung auf die schöne Frau, und in der gehobenen Weihnachtsstimmung, in der er sich befand, wollte er zum Schluß einige erbauliche Worte an den lauschenden Kreis der Damen richten, als gerade Doktor Bentzen über die Straße kam.

Der alte Herr lächelte sein giftiges Grinsen, während er sagte: »Fröhliche Weihnachten, meine Damen. Großer Diebstahl bei Ellingsen & Larsen. Die Polizei hat schon ein Pärchen erwischt.«

»Diebstahl! – Einbruch! – Oh mein Gott, am Weihnachtsabend stehlen; – unmöglich! – Wer – wer? Kannte man sie?«

»Es können keine Leute aus der Stadt sein«, erklärte das Plättbrett majestätisch.

»Es war die Bande aus Madame Späckboms Arche«, antwortete der Doktor boshaft.

»Die Bande – ja; an die Bande hatte niemand gedacht; die abscheulichen Menschen waren ja eine Schande für die ganze Stadt.«

Dies machte einen sehr unangenehmen Eindruck auf sie alle. Der Kaplan gab seine kleine Rede auf und seufzte nur kurz über ›die Verhärteten‹; darauf trennte man sich, um nach Hause zu eilen und zu versuchen, diese Trübung der Weihnachtsfreude zu vergessen.

Die Frau Polizeimeister sagte zu Frau Bentzen, als sie zusammen nach Hause gingen: »Denken Sie sich, Frau Bentzen, wie zerstreut ich bin. Als Ihr Mann sagte: Madame Späckboms Bande, hätte ich um ein Haar gesagt: Sie meinen Fräulein Falbes Bande.«

»Da ist, bei Gott, was dran«, antwortete Frau Bentzen und betrachtete die junge Frau mit Achtung. –

Indessen lief Fräulein Falbe wirklich in der Stadt herum; sie suchte Floh. Als sie halb sieben nach Hause gekommen war, war Christian ausgegangen; das ganze

Haus war leer und dunkel, und Else war nirgends zu finden.

Das war eine bittere Enttäuschung für das Fräulein; sie hatte sich so sehr auf diesen Abend gefreut, und es fiel ihr gar nicht ein, daran zu zweifeln, daß Else kommen würde, wenn sie es so ernstlich versprochen hatte.

Aber dann fiel ihr ein, Else könnte möglicherweise um sechs an der Arche gewesen, aber wieder gegangen sein, als sie kein Licht sah. Und jetzt machte sie sich selbst schwere Vorwürfe, daß sie sich bei der Frau in der Mühle hatte aufhalten lassen und daß sie überhaupt Floh wieder hatte gehen lassen, als sie sie erst einmal hatte.

Die Straßen leerten sich. Vor den Fenstern standen nur zwei oder drei arme Kinder und froren; die Läden wurden geschlossen, mit Ausnahme der Krämerbüdchen, wo noch eine Menge Leute standen.

Als Konsul With gegen sieben mit Paketen beladen nach Hause ging – er hatte immer die kostbarsten Geschenke für seine Frau –, begegnete er drei Polizeidienern, die etwas Langes, Schwarzes zwischen sich tragen.

»Was habt Ihr da, Hansen?« fragte der Konsul.

»Oh, es ist Floh, Herr Konsul.«

»Hm, ist – ist sie tot?«

»Nur ganz besoffen, denke ich. Fröhliche Weihnachten, Herr Konsul!«

»Danke, gleichfalls!« antwortete der Konsul und ging weiter.

Je stiller es in den Straßen wurde, desto lustiger ging es in den Häusern zu, und das Lachen und Schreien der Kinder drang hinaus in die kalte Winterluft, in der Fräulein Falbe noch herumlief. Sie bildete sich ein, sie sähe Flohs Tuch um die Ecke biegen.

Schließlich traf sie einen Polizisten, der auch etwas zu suchen schien; er erzählte ihr, daß die Bande auf Diebstahl ausgegangen und daß Floh dabeigewesen wäre.

Müde und vernichtet ging Fräulein Falbe nach Hause. Es geschah selten, daß sie Enttäuschungen dieser Art erlebte; aber diese war die allerschmerzlichste; sie hatte Else so gern.

Als die Schwester nicht, wie verabredet war, um sechs Uhr nach Hause kam, war Christian ausgegangen; aber er fand heute abend niemanden, mit dem er trinken konnte. Überall war es kalt und leer; da war er wieder nach Hause gegangen – verdrossen und übellaunig.

Die Schwester sagte nichts, sondern setzte nur die Grütze aufs Feuer; sie war fertig und mußte nur gewärmt werden. Während sie den Tisch deckte, plagte er sie mit Vorwürfen und boshaften Witzen; und als sie mit der Grütze kam, war sie angebrannt, weil sie vergessen hatte, sie zu rühren.

Alles war so ungemütlich wie nur möglich; und sie – sie hatte sich so sehr auf diesen Abend gefreut! Eine Weile kämpfte sie tapfer; aber als die Tränen siegten, legte sie den Kopf auf den Arm und schluchzte laut.

Der Bruder saß eine Zeitlang da und sah sie an. So verzweifelt hatte er die starke Schwester nie gesehen. Er fing an zu bereuen und versuchte, sie zu besänftigen.

»Ja, siehst du, Augusta! Du wirst nie etwas anderes als Enttäuschungen und Kummer ernten, so wie du es anfängst. Wenn du dich unbedingt mit diesen Armen abgeben mußt, so mache es doch wie die anderen Damen in der Stadt. Sie haben ihre bestimmten Armen, denen sie helfen, so brauchen sie sich nicht um die anderen zu kümmern. Aber du wirfst das Wenige, was du hast, weg an alles mögliche Gesindel, dem nicht zu helfen ist, – ja, du stiftest vielleicht mehr Schaden als Nutzen!«

»Nein, Christian, das tue ich nicht!« rief Fräulein Falbe bestimmt und hob den Kopf; »ich will nicht meine bestimmten Armen haben. Laß die anderen ihr Gewissen mit den Brocken, die sie wegwerfen, loskaufen; laß sie nach Hause gehen – beruhigt in dem Glauben, daß sie ihre Pflicht erfüllt haben, wenn sie ihr Herz auf einige wenige würdige Bedürftige eingeschränkt haben, wo sie den Segen sehen können, wie es heißt. Ich sehe, daß der gähnende Schlund nie ausgefüllt werden kann, wieviel auch hineingeworfen wird; und diese Erkenntnis ist der einzige Lohn, den du für dein Mitleid erwarten darfst; – sie treibt dich von Hölle zu Hölle, in die schlimmsten, die lasterhaftesten, wo, wie du weißt, neue Enttäuschungen und neuer Schmerz auf dich warten. Denn jetzt weiß ich, was ich meine: Das Geld, die Gaben, die Almosen – alles wirkt Gutes, und ich freue mich, wenn es kommt.

Aber alles Gold der Welt füllt den Schlund zwischen denen, die es guthaben, und denen, die es schlecht haben, so wenig aus wie ein einziger Tropfen warmes Menschenblut. Und wenn du auch keinen Lappen hast, den du ihnen geben kannst, ihnen aber zu verstehen gibst, daß du dieses warme Herzblut hast, da sollst du die Enttäuschungen nicht fürchten, sondern von Hölle zu Hölle gehen, und du brauchst dich nicht nach dem Lohn umzuwenden. Darum will ich morgen früh aufstehen und da fortfahren, wo ich heute aufhörte.«

Als sie dies gesagt hatte, ging der Bruder zu ihr hin.

Liebkosungen waren wahrhaftig nicht häufig zwischen diesen Geschwistern; aber jetzt nahm er sie in seine Arme und küßte sie.

Und er flüsterte ihr etwas ins Ohr. Sie hatte es so oft gehört – dieses Versprechen; und sie wußte, daß er nicht die Kraft hatte, es zu halten.

Aber diesmal glaubte sie ihm; sie sah zu ihm auf mit dem seltsamen Lächeln, das sie so hübsch machte, und dankte ihm.

Dann setzten sie sich nieder – lachten und weinten und schwatzten zusammen –, wie sie es seit Jahren nicht mehr getan hatten.

Die Grütze war angebrannt, das ließ sich nicht leugnen; aber trotzdem – wie köstlich schmeckte sie ihnen.

VIII

Es war eine richtige Weihnachtsnacht – still und rein. Weiße leichte Wolken strichen wie Engelflügel an den glänzenden Sternen vorbei, und der Mond, der spät aufgegangen war, funkelte über dem neuen Schnee und dem dunkelblauen Fjord.

Über der ganzen Stadt schwebte ein leichter Duft von Gänsebraten und Punsch; und wie ferner Kirchengesang ertönte ein sanftes Schnarchen von allen denen, die ringsum mit überladenem Magen schliefen.

Die Kleinen lagen in tiefem Schlaf – ermattet vom Glück – und träumten von Zinnsoldaten und Zuckerzeug.

Die Großen schliefen unruhig, warfen sich hin und her und glaubten, daß ihnen eine fette Gans auf der Brust säße, die ihnen Schmalz unter die Nase rieb. Aber Floh schlief am tiefsten von ihnen allen. –

»Ich finde, weiß Gott, man hätte mich in der Christnacht in Frieden lassen können«, sagte Doktor Bentzen zornig, als er aus dem Gefängnisgebäude heraustrat, »das hätte ich im voraus sagen können, daß sie sich zu Tode trinken würde, und jedes Kind konnte doch sehen, daß sie tot sei. Ein anderes Mal können Sie bis zum Morgen warten, Vater Hansen!«

»Entschuldigen Sie, Herr Doktor! Aber ich habe die Anordnung, den Tod unverzüglich feststellen zu lassen«, antwortete der Gefängniswärter unterwürfig, er war in der Tür stehengeblieben; »Fröhliche Weihnachten, Herr Doktor!«

Der Doktor brummte und eilte durch die leeren Straßen nach Hause zu seinem warmen Bett. Es war schneidend kalt, und ein scharfer Nordwind wehte vom Hafen herein.

Inzwischen nahm der Mond Stück für Stück Stadt und Land in Besitz, besah alles mit seinem kalten, gleichgültigen Auge – zuerst von der einen und dann von der anderen Seite; und wenn er mit etwas fertig war, deckte er einen schwarzen Schatten darüber und fing mit dem nächsten an.

So kam er auch zum Gefängnisgebäude, lugte schräg in ein Gitterfenster hinein; da fand er Floh auf einer Bank an der Wand.

Ihr Kleid stand vorn an der Brust offen, weil der Doktor nach ihrem Herzschlag gehorcht hatte, und der eine Arm hing auf den Boden herab.

Der Mund war halb offen, und das Blut auf den Lippen machte ihn schwarz und groß. Sie war häßlich – grauenvoll häßlich –, wie sie welk und erbärmlich in dem kalten Mondlicht dalag.

Ihre Schönheit hatte sie verloren und noch anderes dazu. Sonst hatte sie nicht viel zum Verlieren gehabt in ihrem Leben; und jetzt, da sie dahingeschieden war, bedeutete das auch kein Verlust für das Leben. Es stand allerdings irgendwo ein Teller angebrannter Reisgrütze für sie; doch sonst gab es nichts, keinen Platz in der Welt, der ihr gehörte, so daß sie weggehen konnte, ohne jemand zu stören.

Es war ganz still in dem großen, kalten Steingebäude. Nur ab und zu, wenn man einen der Bande aufgegriffen und eingeliefert hatte, knallten Türen, rasselten Schlüssel, dann Schritte und Stimmen, die sich in den langen Gängen verloren. Der Polizeimeister hatte in einem Anfall von Energie beschlossen, die ganze Schar festzunehmen, die so lange eine Schande für die tugendhafte Stadt gewesen war.

Trotzdem konnten sie die, die sie am liebsten haben wollten, nicht erwischen. Der Mechaniker, von der die Polizei eine Spur hatte, war und blieb wie vom Erdboden verschwunden. Und Puppen-Lene konnte man unter keinem Vorwand festsetzen, denn schon um sieben Uhr war sie in ihrem Bett, den Schlaf des Gerechten schlafend, gefunden worden.

Als Svend eingeliefert wurde, hatte er nach Else gefragt. Aber als sie ihm erzählten, daß sie tot sei, war sein Zigeunerblut erwacht, und er fing eine wilde Rauferei mit dem Schließer und dem Bedienten an, so daß er in Eisen gelegt wurde.

Danach wurde es wieder ganz still in dem großen, kalten Steingebäude, und der Mond setzte seine Runde fort. Er hatte lange bei Else verweilt; denn da war viel zu sehen. Es war der Abriß eines ganzen Menschenlebens, eine ganze Geschichte – eine alte Geschichte übrigens.

Es fehlte nichts, es war alles da. Sie hatte ihr Tuch, ihr Kleid, ihre alten Stiefel und die Lumpen, die sie als Unterkleidung brauchte; – ja in der Tasche hatte sie sogar ihre braune Kindermütze mit den rosaroten Kinnbändern. Mehr besaß sie nicht; von der Kindermütze bis zu ihren letzten Lumpen, alles war ihr treulich gefolgt; – was das Leben ihr von Fall zu Fall gebracht hatte, hatte die Strömung in einen Winkel des Gefängnisses zusammengetrieben; – ja, bis auf die Rosen war alles da; der Frost zeichnete sie auf die Scheiben hinter dem Gitter, und dabei zitterte ihm die Hand, als ob er selber fröre – oder war es vielleicht Mitleid?

Ein paar Mäuse bissen sich und piepsten unter den Bänken; eine lief über den Fußboden und verschwand. Die Uhr im Kirchturm schlug fünf; der Ton zitterte lange in der glitzernden, kalten Morgenluft. Aber der Mond zog langsam sein Licht die Wand hinauf und hinaus durchs Fenster; und als er wegging, breitete er einen dicken und weichen Teppich von Dunkelheit und Vergessen über Else, die hier eingeschlafen war. –

Der Mond fuhr fort, sein kaltes, unbarmherziges Auge über die Erde hingleiten zu lassen; und die Nacht verkroch sich in den Schatten – aus Angst vor ihren bösen Geheimnissen.

Doch schließlich wälzte sich die schwere, festgefrorene Erde wie im Schmerz vom Mond ab, und die Sonne fing an, mit den Kirchturmspitzen zu spielen, die zu Ehren Gottes vergoldet waren.

Und alle Kirchenglocken der Stadt läuteten und verkündigten den festlichen Jubel des Weihnachtsmorgens über die ganze Gemeinde. Und die Kinder sprangen im Hemd aus den Betten, um mit dem neuen Spielzeug zu spielen oder um etwas Süßes zu naschen, wofür sie gestern unmöglich Platz finden konnten.

Aber alle Erwachsenen zogen sich festlich an und gingen in die Kirche.

Darum war diese auch ganz voll, und Pastor Martens mußte sich förmlich zur Kanzel durchdrängen.

Die Wintersonne spielte heiter mit den bunten Farben, die sie der Glasmalerei des großen Chorfensters stahl. Sie sandte schräge Strahlen am Altarbild vorbei und warf rote und grüne und brandgelbe Lichter über den Chor hin. Es lag wie ein festliches Lächeln über der ganzen Kirche, eine strahlende, gesegnete Weihnachtsstimmung.

Das war auch der Inhalt von Pastor Martens Predigt.

Das Weihnachtsfest sei nicht nur ein weltliches Freudenfest, ein Herzensfest, ein Kinderfest; sondern es sei zugleich – ja in erster Linie – ein religiöses Fest, an dem jede Freude, jeder Genuß einen tieferen Grund, eine tiefere Wurzel hat. Und während er zum Text des Tages überging, verweilte er besonders bei den frommen Eindrücken des Weihnachtsfestes aus den Kinderjahren. Und vor den Augen der Gemeinde zauberte er die reizenden Bilder von dem Kind in der Krippe, von Hirten und Engeln und opfernden Königen hervor, während von der Kanzel die Worte sanft und innig fielen wie in kindlichem Entzücken.

Wenn es wirklich so war, daß das eine oder andere harte Wort aus den donnernden Predigten von der Hölle und der Verdammnis sich hier und dort hinter den Steinblumen verborgen hatte, so wurde es heute gründlich hinausgefegt. Alle Bilder von der Religion des Schmerzes und der Entsagung wurden vorsichtig beiseite geschoben, und er, der da hing und mit Nägeln durch Hände und Füße zu Tode gemartert wurde – er wurde zum lieblichsten Kindlein, und ihn – ihn hatten sie in eine Krippe gelegt.

Dem guten Pastor Martens traten Tränen in die Augen, und seine Stimme zitterte vor Rührung: Es war alles wirklich unsäglich rührend. Und dann, daß gerade das, was in der Welt gering und verachtet wird – daß das die wahre Hoheit, die wahre Majestät sei –, darin lag auch etwas so unendlich Wohltuendes und Beruhigendes. Darum hat niemand das Recht, sich über seinen Platz im Leben zu beklagen, – ja, wer wollte das wohl tun, wenn das Niedrigste das Höchste ist –, wenn die Geringen und Verachteten die Auserwählten sind! – Wie selig – o wie selig, das zu wissen! – Möchten wir uns nur alle mit kindlichem Gemüt dem Kind in der Krippe in der Stadt Bethlehem zuwenden.

Pastor Martens sprach mit wahrer Begeisterung. In seiner schönen Stimme zitterte die ganze spannende Erwartung eines Opfertages, und als er zum Schlußgebet und Kirchengebet kam, das er auswendig konnte, sah er sich die einzelnen Gemeindemitglieder, die hier versammelt waren, genauer an.

Er erblickte sogleich den reichen alten Schiffer Randulf, Konsul Withs Schwiegervater, der an erster Stelle in der Reihe der Opfernden zu gehen pflegte. Denn hier herrschte noch ›die fromme und echt christliche Sitte‹ – wie Martens sagte, daß die Gemeinde persönlich ihre Opfer dem Seelsorger darbrachte.

Und Pastor Martens dachte an die großen, flachen Kuverts, in denen nichts anderes als Banknoten sein konnte, aber auch an die bescheidenen Rollen mit Silbergeld – denn er verachtete auch nicht das Scherflein der Witwe –, und selbst das elende Kupfer bekommt einen gesegneten Klang, wenn es in Demut auf den Tisch des Herrn niedergelegt wird.

Das war eine der besten Predigten, die man von ihm gehört hatte; und Pastor Martens nahm eine anerkannte Stellung unter den hervorragendsten geistlichen Rednern des Landes ein.

Die Gemeinde fühlte sich so unsagbar wohl, so kindlich-glücklich, so weihnachtlich froh. Die Frau Polizeimeister beugte sich vor und sagte zu Frau Bentzen, sie sähe ganz hinten in der Kirche einen Hut mit schottischem Besatz, den sie selbst genäht und zu Weihnachten verschenkt habe – und es täte ihr so wohl, das zu sehen.

Frau Bentzen nickte lächelnd: »Mir kommt es vor, als wären wir alle eine große Familie.«

Inzwischen setzte die gelbe Wintersonne ihr Spiel mit den farbigen Strahlen fort. Vom Ochsen des Sankt Lukas nahm sie einen braunen Fleck und klebte ihn auf das Gesicht des Küsters, der andächtig hinter dem kleinen bescheidenen Tisch saß, auf dem die Spenden ihm hingelegt werden sollten.

Und die schräg hereinfallenden Strahlen wanderten weiter und legten hin und wieder einen Heiligenschein um den einen oder anderen Kopf. Doch es gab gar keinen Heiligen unter ihnen, und das war gerade gut. Alle hatten ihre Schwächen, und alle kannten sie. Eher konnte es wohl vorkommen, daß der eine oder andere reichlich viele Schwächen hatte; aber, Herrgott, wer wollte wohl an einem solchen Tag mit seinem Nächsten hadern. Ein jeder fühlte sich seiner selbst so sicher, war so zufrieden mit sich, so überströmend liebevoll und kindlich fromm. Man lächelte einander zu und drückte sich zusammen auf den Bänken, damit alle sitzen konnten; es war schön zu sehen, wie der elegante, vornehme Konsul With aufstand, um seinen Platz der alten Madame Späckbom zu überlassen. Es war wirklich ein schöner Weihnachtstag, und die Kirche war so gut geheizt, daß man gar keinen Fußsack brauchte.

Und die Gedanken verweilten bei der langen Reihe von Festtagen und fröhlichen Gesellschaften, die jetzt vor der Tür standen. Man war gerade in der Stimmung, einen langen Spaziergang in der frischen Wintersonne zu machen und dann mit gutem Appetit nach Hause zu kommen, um dem Geruch der gebratenen Schneehühner auf dem Flur zu begegnen.

Und von den hohen sonnenerfüllten Gewölben senkte sich eine heilige Weihnachtsstimmung beruhigend wie ein gutes Gewissen über die ganze Gemeinde.

Die Kirche füllte sich mit brausenden Tönen. Der Organist spielte ein festliches Präludium mit wuchtigen, triumphierenden Harmonien. Und als der Choral angestimmt wurde, fiel die ganze Gemeinde freudig und jubelnd ein; die meisten sahen nicht einmal ins Gesangbuch, denn es war das alte herrliche Weihnachtslied:

In dieser schönen Weihnachtszeit
Kann man sich recht erfreuen.

Nachwort
Die Heuchelei der ›feinen‹ Gesellschaft

> Wenn aber jemand ein verlobtes Mädchen auf freiem Felde trifft und ergreift sie und wohnt ihr bei, so soll der Mann allein sterben, der ihr beigewohnt hat, aber dem Mädchen sollst du nichts tun, denn sie hat keine Sünde getan, die des Todes wert ist; sondern dies ist so, wie wenn jemand sich gegen seinen Nächsten erhöbe und ihn totschlüge.
>
> (5. Moses, 22, 26 und 27)

Die Handlung dieser kleinen Geschichte ist schnell erzählt. Else, eine Waise, lebt in dem gutbürgerlich geführten Heim der Madame Späckbom. Die Zuneigung zu dem Zigeunerjungen Svend wird jäh unterbrochen durch die aufgezwungene Liebschaft mit Konsul With, einem zweifelhaften Herrn aus der gehobenen Gesellschaft, Fabrikant und Vorsitzender des Vereins für gefallene Frauen der Gemeinschaft Sankt Petri. Else erkennt zwar die Sinnlosigkeit dieser Beziehung, ist gleichermaßen geschmeichelt und abwehrbereit, kommt aber schließlich zu der Erkenntnis, dass sie »doch nicht Konsul With, den die ganze Stadt grüßte, und der so fein war, wegstoßen« könne. Nachdem Madame Späckbom von dieser Liebelei erfährt, wirft sie Else aus dem Haus, und ihre Odyssee beginnt. Getrieben von Schuld, traut sich Else nicht sofort, das Angebot von Svend, sie trotz allem zu heiraten, anzunehmen, und als sie schließlich einwilligt, ist es zu spät; die finanzielle Notlage und die hieraus erwachsenen Qualen lassen eine Rettung nicht mehr zu. So kommt es, wie es kommen muß. Else, ihr Mann Svend und einige andere brechen in einen Kolonialwarenladen ein, werden erwischt, und Else stirbt an Entkräftung.

Als Alexander Lange Kielland diese Weihnachtsgeschichte 1881 erstmals veröffentlichte, gab es Aufregung und Aufruhr. Man war ja einiges von diesem unbequemen Zeitgenossen gewohnt, aber so einen Angriff auf die Gesellschaft ging den meisten zu weit. Die Attacken auf die Heuchelei, die heftigen Angriffe auf eine bürgerliche Moral, die von klerikalen Kräften von der Kanzel herab gepredigt wurde, und die Geißelung der Bigotterie des in sozialer Absicherung lebenden Bürgertums erschütterten die Leser seinerzeit, so dass sich zwei Lager beinahe feindlich gegenüberstanden.

Doch so ganz überrascht konnte man eigentlich nicht gewesen sein, denn schon in den zuvor geschriebenen Kurzgeschichten und erst recht in dem Roman »Garman & Worse«, der schon ein Jahr zuvor veröffentlicht worden war, sind diese Themen von Kielland behandelt worden.

Diese Aufregung um »Else – Eine Weihnachtserzählung« scheint jedenfalls nicht nachvollzichbar zu sein. Hinzu kommt, dass Kielland selbst genau jener sozialen Schicht angehörte, der er nun auf so süffisante Weise einen Spiegel vorhielt.

Nur kurz sei auf die Biographie des norwegischen Schriftstellers hingewiesen. Kielland, am 18. Februar 1849 geboren, wurde, wie er nicht ohne Stolz immer wieder betonte, im Revolutionsjahr 1848 gezeugt. Dieser Tatsache maß er – augenzwinkernd – einige Bedeutung für seinen Lebenslauf zu. Er stammte aus einer alten Patrizierfamilie in Stavanger, einem der reichsten und kultiviertesten Handelshäuser Norwegens. Nach seinem Jurastudium wurde er mit 22 Jahren juristischer Referendar und schließlich für zehn Jahre Besitzer einer Ziegelei vor den Toren Stavangers. Doch diese Indizien für ein gut-bürgerliches Leben täuschen.

Gerade diese Lebensphase ermöglichte es Kielland, sich mit der Literatur zu beschäftigen; dabei beeindruckten ihn besonders die Werke von Søren Kierkegaard und Heinrich Heine, aber auch mit Balzac, Zola und Dickens muß er sich auseinandergesetzt haben. In diesen Jahren war es auch, daß er, der aus einem »Geschlecht wohlhabender Kaufleute« stammte, erstmals mit anderen Gesellschaftsschichten konfrontiert wurde, insbesondere mit den Armen und den Lohnarbeitern in seiner Ziegelei.

Die Berührung mit den Lebensbedingungen dieser Menschen und die Lektüre bürgerlicher Literatur mit sozialreformerischen Ansätzen haben den Nährboden für seine literarischen Ambitionen gelegt. Es bedurfte nur noch eines Anstoßes, der Kielland zum Schriftsteller werden lassen sollte, den er während eines längeren Aufenthalts in Paris und bei der Begegnung mit dem norwegischen Nobelpreisträger Bjørnstjerne Bjørnson erhalten haben muß, denn kurz nach der Rückkehr aus Paris erschien bereits der erste Novellenband Kiellands.

Der Eindruck, den dieses Buch auf Leser und Kritik machte, war überwältigend: In kurzer Folge erschienen »Neue Kurzgeschichten« (1880), die Romane »Garman & Worse« und »Arbeiter« (beide ebenfalls 1880), die Erzählung »Else« (1881), die »zwei Kurzgeschichten aus Dänemark«, »Treu« und »Karen«, und der Roman »Schiffer Worse« (alle 1882). Seinen literarisch größten Erfolg erzielte Kielland schließlich mit der Roman-Trilogie »Abraham Løvdahl«, die zwischen 1883 und 1887 seine Stellung als gesellschaftskritischer Schriftsteller manifestierte und seinen Ruf, ein Klassiker der norwegischen Literatur zu sein, bis heute rechtfertigt.

Es ist auffallend, daß Kiellands Elan, der die treibende Kraft seines Schaffens gewesen war, allmählich nachließ. Das »Johannisfest« als dritter Teil der Løvdahl-Trilogie und in gewisser Weise auch der 1891 erschienene Roman »Jakob« haben zwar nach dem Erscheinen politische Diskussionen ausgelöst, aber die erhoffte literarische und politische Wirkung ist ausgeblieben, obgleich Kiellands Engagement in den beiden genannten Werken literarisch gereifter umgesetzt wird. Seine Zeitgenossen lehnten jedoch gerade diese Romane ab; dem konnte sich Kielland nicht verschließen. Die Tatsache, daß die Anfeindungen durch die Kritiker zunahmen, demoralisierte ihn schließlich und förderte Kiellands Entschluß, die Arbeit als Schriftsteller zu beenden. Ab 1891 bewies er als Bürgermeister in seiner Geburtsstadt Stavanger, daß er seinen in allen Werken geäußerten Idealen treu geblieben war. Kielland galt als guter Beamter, dem Dogmen und Bürokratie ein Greuel waren. Zehn Jahre später wurde er Landrat in Romsdal. Er starb mit 57 Jahren am 6. April 1906 in Bergen.

Wenn also Herkunft und die behandelten Schwerpunktthemen keinerlei Angriffsfläche bieten konnten, wieso dann die Erregung nach Erscheinen dieser ersten längeren Novelle? Vielleicht beunruhigte der Untertitel »eine Weihnachtserzählung« die Gemüter, vielleicht aber doch eher die verdichtete, beinahe liebevolle Schilderung der Hauptperson Else. Diese Figur ist Kielland besonders gelungen, selbst wenn man sein Gesamtwerk zum Vergleich heranführt. Daß er dabei nicht unrealistisch wird und aufzeigt, an welchen Stationen Ihres Lebens Else hätte eingreifen können, um ihrem Leben eine sinnvolle Wandlung zu geben, offenbart seine Sympathien.

Klar ist, daß die Geschichte auch anders hätte enden können, wenn – ja: wenn Else im Verlauf der Handlung in einigen Situationen anders, sprich: entgegengesetzt gehandelt hätte. Nur solche Überlegungen sind müßig, ging es Kielland doch nicht in erster Linie um das soziale Psychogramm eines als Waise aufgewachsenen jungen Mädchens, sondern um die Reaktion der um sie herum agierenden Personen. Diese jedoch haben Else im Grunde genommen in den Tod getrieben.

Das Weihnachtsfest selbst spielt in der Novelle nur eine nebensächliche Rolle. Erst ganz zum Schluß der Novelle, und hier insbesondere bei der Schilderung der Kinder mit all der Vorfreude und den Erwartungen, die das Weihnachtsfest für sie mit sich bringt, schimmert Weihnachtsflair hindurch. Gerade diese Passagen sind es, die Kielland besonders gelungen sind, weil sie einmal mehr unterstreichen, dass er neben der Sozial- und Gesellschaftskritik ein genauer Beobachter und einfühlsamer Schilderer einfacher Menschen gewesen ist.

Ein Grund mehr, daß die Protagonisten dieser Novelle von Else über Fräulein Falbe bis hin zu Madame Späckbom im Heimatland in aller Munde sind. Außerhalb Norwegens hingegen sind weder die Figuren aus der Novelle noch der Urheber dieser Weihnachtsgeschichte bekannt. Dabei gehört Kielland zu den großen vier Schriftstellern Norwegens: Bjørnson, Ibsen, Lie und Kielland gelten als die Vertreter der realistischen und sozialkritischen Literatur, deren Werke es allemal verdient hätten, in die Bibliothek der Weltliteratur aufgenommen zu werden.

Bad Schwartau, im Oktober 2019

Rudolf Wolff

DRUCKNACHWEIS:
Bei der vorliegenden Novelle handelt es sich um die Übersetzung von Marie Leskien-Lie und Dr. Friedrich Leskien, die 1906 unter dem Titel »Novellen« im Verlag Georg Merseburger, Leipzig, erschienen ist. Der Herausgeber hat die Übersetzung sorgfältig bearbeitet und die Interpunktion vereinheitlicht.